Mi novia preferida fue un bulldog francés

Legna Rodríguez Iglesias
Mi novia preferida fue un bulldog francés

GIROL SPANISH BOOKS
P.O. Box 5473 LCD Merivale
Ottawa, ON, Canada K2C 3M1
T/F (613) 233-9044 www.girol.com

ALFAGUARA

Primera edición: febrero de 2017

ISBN: 978-84-204-2962-5
Depósito legal: 22675-2016

Impreso en Unigraf, Móstoles (Madrid)

AL29625

Penguin
Random House
Grupo Editorial

Índice

Cualquier semejanza con hechos reales
pueden echarme la culpa a mí.
Me tiene sin cuidado.

Mi novia preferida
fue un
bulldog francés:
respondía
a mis regaños
orinándose.

I. Política

Morí seis meses después de haber cumplido noventa años. De meningoencefalitis. En un Hospital Militar situado muy cerca del Casco Histórico, a un kilómetro del Zoológico y del Casino Campestre. Dejé una esposa, tres hijos, cinco nietos y dos bisnietos. Luego nacerán otros bisnietos, morirá mi esposa, envejecerán mis hijos. Todo a su paso. En orden natural y cronológico.

Todos creen que es un catarro, con sus fiebres y escalofríos, pero es la meningo. Me ven temblequear y se asustan pero los catarros *son siempre así.* El cuerpo se corta, la cabeza duele, la temperatura sube, mandíbula y manos empiezan a temblar.

Como estoy muerto no siento nada, libre de sentimientos, disfruto el espectáculo. Mi esposa, una anciana de un metro cincuenta, está sentada a la mesa cuando llega mi hija a darle la noticia de que fallecí. Mis nietas preferidas, las que criamos mi esposa y yo, se ríen en el cuarto de desahogo. Es una risa nerviosa. Una risa que significa *no puedo creerlo.* Los perros saben que estoy aquí, sentado en el mismo lugar de siempre.

Al morir me tapan con una sábana. Me llevan a la morgue. Me abren en dos. Me serruchan la cabeza. Me cierran por el mismo lugar donde me abrieron. Me sacuden. Llega mi hija a arreglarme. Llora mientras me viste. Me peina como a un niño. Abotona la camisa. Cierra el zíper del pantalón. Ajusta el cinto. Se recuesta en mi pecho. Soy su padre.

Mi hija se da cuenta de que dejaron el marcapasos adentro. Quiere llamarlos, pero es por gusto, ninguno de ellos volverá a abrirme para sacar el pequeño objeto metálico. El marcapasos continuará funcionando hasta que se oxide bajo la tierra. Los otros muertos, a mi alrededor, no podrán dormir en paz. Yo tampoco podré dormir. No tengo sueño. Ni miedo.

Los otros muertos, en comparación conmigo, no merecen tanto la pena, ni el velorio, eso piensan mis familiares y amigos cuando llegan al lugar y husmean por el resto de la funeraria, se asoman y se exhiben, qué porquería.

Dentro de dos años, cuando los encargados del cementerio, junto a los familiares, que será solo mi hija, como siempre, saquen los restos para poner las cenizas en una caja pequeña y rendirle homenaje cada vez que visiten el cementerio, el marcapasos estará intacto, incluso brillante, como un pensamiento, claro y lúcido.

Mi hija llega a la casa con la boca contraída. Los ojos rojos y aguados. Todos se dan cuenta de que he muerto. Menos mi esposa, mujer ingenua, desde hace un tiempo hay que explicarle todo con lujo de detalles. Entonces se lo explican, que soy un hombre muy fuerte pero que la meningoencefalitis es más fuerte que yo. Ella entiende. Promete no exaltarse. No llorar. Se acuerda de mí, su esposo. Su compañero durante más de sesenta años.

Nací el veintiséis de enero de mil novecientos diecinueve, en una zona rural alejada tanto del mar como de la ciudad. Trabajé en el campo, bajo la lluvia, desde que cumplí seis años. A esa edad empecé a fumar, tabaco negro, para no desmayarme en el camino.

En mil novecientos treinta y seis, cuando estalló la guerra, comencé a luchar a favor de la República, unido a un grupo de compañeros de un origen diferente. Mi origen. Participando en manifestaciones y recolectando fondos de ayuda. Mis padres, de mi mismo origen, solo hacían silencio.

Aprendí que un hombre es un país. Aprendí que un país es un sistema. Aprendí que un sistema es un monstruo. Aprendí que un monstruo es un Dios. Aprendí que Dios no existe. Aprendí que Dios sí existe. Aprendí que yo no existo. Aprendí que yo sí existo. Aprendí que un hombre no puede irse, porque esta es su casa, esta es su madre, y este es su padre.

En mil novecientos cuarenta y seis y en mil novecientos cuarenta y siete fui perseguido y hecho prisionero por las fuerzas del Régimen de Turno, como consecuencia de mi activa participación en acciones defensivas, rebeldes. Conocí los olores de la cárcel, la oscuridad absoluta, el sol. Me oriné y defequé encima. Cárceles como el Príncipe, el Presidio Modelo, y Francisquito, me vieron entrar y salir, por una puerta ancha, transformado en hombre.

Al salir de la cárcel continué en lo mismo. Las marcas bajo mi piel eran ahora vitales, atractivas. El Partido Socialista Militar, y todo lo que se le pareciera, se convirtió en casa, recinto. En este período y después de mil novecientos cincuenta y dos, organicé reuniones secretas, clandestinas, bajo mi propio techo, para lo cual tuve que tomar medidas y lograr que no fuéramos descubiertos. Nada de esto hubiera sido posible sin mi esposa, mi amor. Ella buscaba y elaboraba los alimentos, repartía los platos, me besaba y abrazaba desde un lugar alto, desconocido. Su beso era pan y agua.

Al ocurrir el asalto a los cuarteles más importantes del país, el Partido me orientó ingresar en una Orden Religiosa, para tener acceso a la imprenta donde se elaboraban volantes y otros tipos de propagandas que luego yo distribuía. No creía en Dios y los miembros de la Orden veían en mis ojos los ojos de una bestia más o menos feroz.

Eso soy y eso son mis hijos y mi hija, y eso son los hijos de mis hijos, y las hijas de mi hija, bestias más o menos feroces.

Hacíamos carbón en nuestra casa, yo y mi esposa, juntos. Vivíamos del árbol y el amor. En nombre de esos árboles llevé el fuego a otras casas, la comida. Recaudé fondos, ropas y armamento. Debajo del carbón, sobre mi carro, trasladé y entregué las mercancías. Mi esposa me acompañó muchas veces, en mi recorrido por la ciudad y otros lugares cercanos. Y ella misma dejó armas, allí donde nadie supo.

Siendo Presidente del Consejo, con su apoyo y el concurso de los que me eligieron, construí una Escuela que hoy sigue siendo la escuela de nuestra comunidad. El jardín de la escuela no tiene flores, debe de ser el calor, o la tierra, pero antes tuvo.

En mil novecientos sesenta, después del Triunfo, dirigí las cooperativas carboneras de la provincia, participando en la intervención y organización del resto de los trabajadores. Vi las fundaciones, la luz, el universo.

Nunca acepté propuestas de residencia en casas intervenidas. Levanté mi hogar con vigas y columnas de madera. Dos cuartos y un portal fueron suficiente. Mis hijos querían más pero yo no les di más. Los hijos de mis hijos querían más pero yo no les di más. Las hijas de mi hija, cuando nacieron, quisieron más. Yo les di lo necesario. Mi esposa hizo silencio, bajó la vista, me dio la mano. Los huesos de su mano entre los huesos de la mía.

Continué fundando, dirigiendo, prestando ayuda. Cada hombre es la continuidad de otro hombre, así como cada acción es la continuidad de otra acción. Eso hice y haría, si la meningo no me hubiera agarrado por los pies, si no me hubiera traído aquí.

La meningoencefalitis es una enfermedad que recuerda simultáneamente ambas meningitis. Ocurre por una infección o inflamación de las meninges, y por una infección o inflamación del cerebro. Hay muchos organismos causantes, tanto patógenos virales como bacteriales, y hay microbios parásitos, traidores. La enfermedad se asocia con altas tasas de mortalidad y severa morbilidad. El cuerpo se corta, la cabeza duele, la temperatura sube, mandíbula y manos empiezan a temblar.

Para mí que la padecí y sufrí, es algo que se emparenta con una revolución. El cuerpo humano es el sistema contra el que la revolución lucha, al principio clandestinamente, luego más organizada, expuesta y pública, y al final de un modo aniquilatorio. El cuerpo se corta, la cabeza duele, la temperatura sube, mandíbula y manos empiezan a temblar.

El cementerio es el último lugar que ocupa el cuerpo, revolucionario y frío. Hay flores secas por todas partes y eso el cuerpo lo siente. Las sensaciones continúan un poco más después del receso corporal que constituye un fallecimiento. La revolución que ha tenido su apogeo en el cuerpo sigue viva algunos días, es por eso que el cuerpo se desintegra, porque una cosa muy rebelde se retuerce adentro, tratando de progresar hacia otra fase.

Esta otra fase es la nulidad. Queda terminantemente prohibido intentar doblegar la revolución, sin embargo, es lo que sucede en cuanto el cuerpo se da cuenta de ella. Su impronta, su realidad, no tiene precedentes en el cuerpo. De ahí el hecho definitivo que funda en el cuerpo una base de asentamiento y radicalización. La familia no existe. Eres tú contra ella o a favor de ella. Yéndote con ella o resistiéndote. Resistencia que a la larga le otorga una dosis de contundencia.

La funeraria, una casa antigua, enorme, anterior propiedad de algún burgués, está recién pintada. Consta de baño y cafetería, pero ambos se han deteriorado al punto de no poder ofrecer servicios. En una de sus capillas descanso yo, un cuerpo antiguo, también. Otros cadáveres completan la matrícula. Son de distinta índole, sexo y edad. Mi cadáver es sin duda el menos joven.

Durante la noche hay pocas personas. Con la mañana empiezan a llegar, en grupos o en familias. Todos velan a sus muertos. Todos son iguales.

Mi capilla es la más llena. Incluso en un momento tan solemne como este, las personas sienten orgullo. Mi familia está orgullosa. Se les ve en los ojos, en la forma de velarme y sentarse a esperar a mi lado, al lado de la caja. Hijos, nietos, sobrinos, primos. Todos tienen un halo vanidoso, una actitud de suficiencia, los bendigo.

Falta alguien y es mi esposa. La única que no hubiera querido que faltara, a mi lado todo el tiempo. No puede levantarse del balance. Ni podrá. Al cabo de unos días, probablemente, se fracture una cadera yendo en busca del almuerzo. Estas cosas pasan, sobre todo, durante el luto, la tristeza.

Sé que hay flores, escudos y banderas. Sobre mi caja hay medallas. Seis. Condecoraciones que merecí, que bien guardé. Ahora las guarda mi hija y luego las guardará mi nieta, una que no cree en lo que yo creo. La que se ríe de mí. La que más llora. La que no se separa de la caja. Son tres, en realidad.

La bandera nacional no deja que se vean los clavos de la caja. Mi hija la tendió sobre la caja, a todo lo largo y ancho, nunca he visto una bandera así. Me erizo. Los clavos son puntillas pequeñitas que se ven de todas formas. Las cajas, de madera mala, están forradas con tela negra. La tela se ciñe con puntillas pero no existe elegancia en ello. Es lo que molesta a la familia del cadáver.

Mi hija no quiso demasiadas flores porque solo había de un tipo, moradas y azules, flores feas. Que llenan el espacio de un olor a cementerio casi insoportable. Igual huele a cementerio. Mis hijos varones se van muy lejos a buscar flores. Quieren flores a toda costa. Pero las flores no tienen ninguna importancia. Solo la bandera es importante. Y las condecoraciones. Y la familia. Consiguen azucenas. Mi hija se conforma con las azucenas.

Una de las niñas no deja de mirarme, asomada al cristal de la caja cree ver dos hormigas entre mi pelo. Las hormigas corretean como si fuera un césped. Mi hija la llama y ella no va. De todos los presentes, será ella la única que contará la historia. Nació para eso. Para contar la historia. Tal vez, incluso, se pase la vida contando historias que no son su historia.

Trato de pensar
que escribir
este libro
con unas gafas *vintage*
es lo mejor
que me ha pasado.
Mientras más lo pienso,
más se me salen
las lágrimas.

II. Monstruo

En todo caso, mi caso sería el primero de una lista de casos excepcionales a los que no había que prestar mucho caso, siendo una excepción, aunque multiplicada, mal, o bien, de minoría.

A la hora y el lugar exactos, mi solicitud, a título de organismo, debería ser oficialmente aceptada por un guardia de seguridad que se aseguraría de mirarme a los ojos y hacer coincidir esa expresión con su homóloga en un documento de identidad que dos segundos antes habría sido depositado por mí en sus manos. Asimismo, otros detrás y delante de mí actuarían de manera idéntica.

Avancé durante una cuadra hasta el próximo guardia de seguridad, que, como el anterior, pidió mi carné y el de los demás, fijándose de nuevo en mi apariencia así como en la apariencia del resto, todos al teléfono. Yo deslicé la mano en mi bolso y apagué mi teléfono sin que el guardia percibiera un movimiento. ¿Alguien trae teléfono?, preguntó, entonces levanté, tímida, la misma mano que unos segundos antes había deslizado en mi bolso. El guardia sonrió. Cruza la calle, me dijo, y guárdalo en *esa casa*. No entendí. Calculé rápidamente cuánto me había costado el teléfono, entre el precio del teléfono y la cuota para iniciar una línea sumaban en total ciento sesenta, lo mismo que entregaría antes de ser cuestionada, dentro de cortos instantes. No se puede entrar con teléfono, ordenó el guardia, ni encendido ni apagado, ningún teléfono. Crucé la calle y me detuve frente a la casa. De la casa salió una mujer que estiró la mano para que yo le entregara el teléfono, mi teléfono, con confianza. A cambio de mi teléfono me dio una chapa. Número veinte, que no se pierda, advirtió la mujer. Que no se pierda el teléfono, pensé mientras me metía la chapa en el bolsillo. Una chapa sucia, de madera, de pino, con el número veinte casi imperceptible. Di media vuelta apurada, previendo no separarme de mi sección de organismo. No cruces, exclamó el guardia, debes volver a la esquina, reportarte en la garita y avanzar despacio hacia aquí, no se permite correr.

Un parque a dos cuadras de la Oficina sirve de sala de espera a la población corriente. En el parque abundan las cámaras, sobre los postes del tendido eléctrico, oficiales vestidos de civil se despliegan entre la población e informan a la Oficina de cualquier gesto o rumor que se desencadene. La mayoría de las personas congregadas en el parque comienza a sentarse en la acera cuando ve que el tiempo pasa y aún no ha sido llamada. Las piedras grandes también sirven de asiento. Los adultos mayores se desesperan y algunos sufren ataques, les baja o les sube la presión, lloran. A los jóvenes que les entra hambre, se les ofrece la opción de comprar, en alguna cafetería vecina, sándwich de queso, de jamón, o de jamón y queso.

En el parque no corre el viento, sin embargo, a medida que te acercas, una brisa de agua comienza a levantarse, a lo lejos el mar embiste contra la orilla, el cielo se hace gris, la brisa se transforma en ráfaga, quieres darle la mano a alguien, apoyarte en alguien, un individuo, un ciudadano, de preferencia a título de organismo.

Entramos. Una mujer revisó mi bolso, encontrando en él objetos desaprobados por la Oficina para portar durante entrevista. (Lapiceros, gel de aloe para manos, gel hidratante para cicatrices, hilo dental Oral-B, Lipstick Rouge, sombra de ojos, máscara de pestañas, lima de uñas, pinza de cejas, mentol chino Tjing Liang Yu, memorias flash, teofilina de 200 mg y termómetro. Todo lo que una mujer necesita.) Otra chapa me fue dada y otras pertenencias me fueron retenidas frente a miradas reprochadoras de mis iguales. Ojalá que no se pierdan, pensé mientras me metía la chapa en el bolsillo, sintiendo el roce de las chapas contra el muslo. Dígame su nombre, pidió la mujer, y yo se lo dije. Aquí no se pierde nada, soltó la mujer antes de que subiéramos la escalera y desapareciéramos en el interior por una pesada puerta de hierro que se abría electrónicamente y se cerraba detrás de ti como una pared definitiva.

Adentro no fue peor. Muchas personas en fila. Cinco ventanas encristaladas con un agujero en el centro a través del cual depositaríamos nuestras indemnizaciones. Algunas personas, como yo, a título de organismo, depositaban ciento sesenta. Pero no todo el mundo depositaba lo mismo, las tarifas ascendían de acuerdo a los motivos de la audiencia. A una niña de dos años se le trabó la pierna en un hueco y empezó a llorar. La pierna no salía y el llanto continuaba. Las personas querían ver a la niña desde sus puestos, inclinaban los cuellos, las cabezas, pero la niña era muy pequeña, solo se oía su llanto, la angustia. Le dije que no la soltara, dijo un guardia a la encargada de la niña, tratando de sacar la pierna. La expresión del guardia no alivió a la niña ni consoló a su encargada, más bien alteró a las dos, agravando el accidente. La pierna no salió. Las personas lo olvidaron. El guardia hizo mutis. Después de pagar, otra pesada puerta de hierro y otra pared. El interior de un lugar desconocido en el que cada vez más parecíamos desaparecer.

Sillas de madera pintadas de amarillo dispuestas frente a una pantalla que no decía nada, números rojos, insignificantes. Sentadas en las sillas, alrededor de cincuenta personas, tal vez el doble. Perdía facultades.

En el mismo orden que llegamos nos sentamos. Al llamado de una voz que decía nuestros nombres nos levantábamos de uno en uno para que nos tomaran las huellas. Primero índice, anular, del medio y meñique derechos. Luego índice, anular, del medio y meñique izquierdos. Luego pulgares. Había que esforzarse. No era fácil pegar las yemas perfectamente. Para ello una mujer servía de ayudante, empujando con sus manos nuestras manos. Diez huellas digitales por cabeza sumarían quinientas huellas cada media hora, más o menos, sin contar las huellas a título de organismo. Llamó mi atención el escáner, una lámina transparente que iluminaba mi mano si la acercaba a la luz. Por fin algo agradable.

Agradable también el diálogo acontecido entre los que como yo pertenecían a un organismo. A diferencia de las personas que venían a solicitar permiso de manera individual, nosotros, los de organismo, teníamos plena confianza en que nuestros permisos no serían rechazados, por razones obvias. Y a nosotros, los de organismo, se nos veía en el rostro la tranquilidad que ofrece estar seguro de sí.

Estuve esperando mi turno tres horas, sentada al lado de pintores, artistas de cine, profesores titulares, doctores, científicos, empresarios, ingenieros. Nuestros organismos nos favorecían. Lo que amparaba la comunidad de nuestros organismos era el Ministerio. Al Ministerio el agradecimiento infinito, y el deseo de que continuara, incansablemente, mejorando el mundo.

Las conversaciones de los hombres de organismo giraban en torno a temas de tipo académico. Un hombre a mi lado se fijó en mis muslos, desnudos y pálidos, cubiertos de vellos sin afeitar. Fue cuando me di cuenta de que a una entrevista se debe asistir en pantalón o vestido, jamás en prendas semejantes a mi short. Las chapas en mi bolsillo derecho me rozaron el muslo, tintineantes y frías. Hace frío aquí, expresé. Crucé las piernas. Me mordí un labio. Me rasqué un seno. Sonreí. Le pregunté al hombre en qué trabajaba y me contestó, en el Ministerio.

No pregunté su nombre porque con que trabajara en el Ministerio era suficiente. Un Ministerio sustenta a un país. Lo fortalece. Lo constituye. Levanté mis brazos al cielo y di gracias por mi familia y mi pueblo, por mí, de estar sentada al lado de un hombre tan relevante, alguien que me honrara con su presencia, su sino.

Cerca de nosotros, solicitantes a título de organismo, había por lo menos tres ventanas, encristaladas y con sus respectivos agujeros en el centro, por donde se oía la voz de quien interrogaba detrás. Las interrogantes, aparentemente ingenuas, giraban en torno a asuntos personales, casi íntimos, de familia o trabajo. Los permisos solicitados eran en su mayoría denegados. El ciudadano hacía una mueca, derramaba algunas lágrimas y avanzaba hacia la puerta al límite del colapso. Buenas tardes tenga usted, le decía la voz del otro lado, pase el próximo. Y volvía a producirse una escena parecida. No debíamos tener dudas respecto a nuestras solicitudes, la certeza del otorgamiento casi conquistaba nuestros ánimos, el organismo al que pertenecíamos había dado ya su opinión sobre nosotros. Sin embargo, el terror asomaba a nuestros ojos, las pupilas querían dilatarse. El aire acondicionado, tan agradable al principio, había cobrado un valor invernal, me quité los espejuelos.

Uno por uno, los de organismo fueron pasando. Entrevistas cortas o largas, frívolas o constantes, transcurrieron durante un tiempo de más o menos tres horas. Mi turno llegó al cabo, fui llamada por mi primer apellido, luego por mi nombre. Buenas tardes señora, alcancé a oír, cómo está. Muy bien, ¿y usted?, respondí. ¿A qué va exactamente?, fue la primera pregunta. Es un evento internacional, fue mi respuesta. ¿Usted qué es?, preguntó la voz de nuevo.

A esa pregunta dudé un momento. Yo era yo en todo mi ser, pertenecía a un organismo que pertenecía a un Ministerio que pertenecía a un país, y estaba orgullosa de ello, muy orgullosa. ¿Tiene familia allá?, fue la tercera pregunta. No, nadie. ¿Le gustaría quedarse allá? No, no me gustaría. Entonces, sin que pudiera secarme el sudor, escuché la frase tan conocida, buenas tardes tenga usted, ha sido un placer, pase el próximo.

En caso de ser aceptada, a esa frase antecedía otra, donde le informaban al solicitante el día y la hora en que debía recoger su permiso. Y en caso de pertenecer a organismo, le informaban el día y la hora en que debía recogerlo en el Ministerio. Para mí no hubo esa frase, en su lugar lo siguiente: su caso hay que investigarlo en el Ministerio, el Ministerio le informará.

Al final me fue entregado el documento llamado Confirmación, en el cual se confirma la entrega de una solicitud para salir temporalmente. Tal documento consta de dos páginas.

En la primera página aparece un resumen de los datos concernientes al pasaporte, y debajo una nota que aclara: El envío electrónico de su solicitud es el PRIMER PASO del proceso de solicitud de permiso. El siguiente paso es leer la página de Internet en donde usted planea solicitar su permiso. La mayoría de los solicitantes tendrá que programar una entrevista para ello, aunque algunos solicitantes pueden reunir los requisitos de renovación de permiso. La información puede contener instrucciones específicas del lugar en cuanto a la programación de entrevistas, presentar su solicitud de permiso y otras preguntas frecuentes. Usted debe presentar (lleve consigo) la página de confirmación y los siguientes documentos durante todo el trámite. Usted podrá también proporcionar documentos adicionales que considere importantes como apoyo a su entrevista.

En la segunda página se explica lo que *usted* debe presentar. Nada más y nada menos que esta misma página de confirmación con un código de barras legible en el momento de la entrevista. Si no tiene acceso a una impresora en este momento, escoja la opción de enviar su confirmación por correo electrónico a una dirección electrónica. Usted puede imprimir o enviar su solicitud por correo electrónico para sus propios registros. NO NECESITA presentar la solicitud en el momento de la entrevista. Tome en cuenta que se le podrá requerir proporcionar prueba de que ha pagado su cuota para el trámite y/u otras tarifas relacionadas con el trámite. Le pedimos verificar la Tabla de Reciprocidad de su país para conocer otros pagos que tenga pendientes. Si tiene preguntas adicionales o necesita saber cómo ponerse en contacto con nuestra oficina, por favor diríjase a.

En esta misma página, la segunda, otra nota aclaratoria: A menos que quede exento de entrevista, se le pedirá firmar personalmente su propia solicitud de manera biométrica. Al proporcionar este tipo específico de firma usted certifica bajo protesta de decir verdad que ha leído y entendido las preguntas de su solicitud, y que además todas sus declaraciones las ha hecho usted mismo manifestando la verdad y realizadas a su mejor entender y convicción. (Repetidos el entender y la convicción un par de veces más en el mismo párrafo.)

Y termina diciendo: La información que ha proporcionado en esta solicitud podrá ser accesible para otras agencias con autoridad legal y estatutaria para usar dicha información, incluyendo propósitos de ejecución de leyes y de otra índole. La fotografía que nos ha brindado en la solicitud puede ser utilizada para verificar sus datos.

Asimismo, adjuntada a esta Confirmación, me fue devuelta una carta que enviara el Ministerio desde su Centro de Trámites, a la Sección de Intereses, el veinte de marzo. En la carta pude leer que el Ministerio saludaba a la Honorable Sección, apreciando su cooperación en relación con la solicitud dispuesta a mi favor, titular del ordinario B908863. Luego explicaba el motivo de mi solicitud, el tiempo de estancia, la salida y la entrada. El Ministerio se valía de esta oportunidad para reiterar a la Sección el testimonio de su consideración. Por último, el cuño del Ministerio, sin firma.

Al salir de la Oficina fui directo a mi organismo, antes recogí mi bolso, después mi teléfono, no logré fingir sonrisa, necesitaba una explicación. No debiste presentarte de esa forma, me dijeron. Tonterías, riposté, a través de la ventana solo podían verme la cara, tal vez los hombros y el busto. Por supuesto que no, desde que vas por la esquina te están mirando, en el parque, te están mirando, si conversas con alguien, o te sientas, o compras un sándwich de queso, o abres tu sombrilla, te están mirando. Ellos lo ven todo. Inocente.

Esperé una semana, dos semanas, tres, alguna señal, una llamada del Ministerio que me informara sobre mi caso. Si se había esclarecido, si mi solicitud sería aceptada, no ahora, inmediatamente, tal vez en el futuro. Sobre el teléfono se creaba una lámina de polvo que yo sacudía todas las noches, antes de cocinar.

Muchas veces deseé volver a ver a aquel hombre que tomó asiento en la Oficina junto a mí y con el cual me sentí tan a gusto. A menudo lo confundía al pasar, o creía verlo en el ómnibus, o en algún reportaje televisivo sobre los cambios llevados a cabo por el Ministerio en el país. La Oficina nunca sale por televisión. A veces los locutores hacen lectura oficial de las leyes novedosas respecto a la Oficina. El pueblo se trastorna. La jornada laboral se ve afectada. Los organismos tratan de activar la disciplina.

También me hice preguntas que luego recriminaba, tildándome de ingrata e inconforme, preguntas que nadie respondería, a menos que fuera un ingrato, o un inconforme.

Supe de varios conocidos que, como yo, corrieron la misma suerte, y de otros que, a título de organismo, se presentaron en la Oficina con solicitudes como la mía, dando fe de sus asuntos, y fueron aceptados, y otorgados sus permisos, y salieron. A esos no los extraño porque solo los veía en las reuniones, o en las conmemoraciones.

Un bulldog francés
y un teléfono
cuestan lo mismo,
y ambos
pueden darte
el cariño
que te falta.

III. Poema

A mi lado tú no sabes lo que hay dentro de mí, mami. Lo que es tener deseos de abrir los brazos sin brazos, más aún abrir las piernas sin piernas, o abrir el pecho, mami, el corazón. A mi lado no podrás tener un jardín, con flores de esas, amarillas, o naranjas, que te gustan. Ni tener libros de poesía, ensayos académicos, novelas medio eróticas, que te gustan. Ningún libro, mami, ninguno. A mi lado no podrás tener un gato, mami, ni una gata. Prohibido fumar, mamita, ni ese cigarro, ni el otro. A mi lado, extrañamente, solo tendrás un poco de mí.

No digas que me amas, mamita, tú no sabes que a mí es imposible amarme, o quererme, o tenerme cierto afecto. Para mí los afectos, como el asma, ahogan. Es mejor que te vayas, mamita, por ese camino, o por aquel camino de allá. Alcánzame el spray y vete. Antes de irte, mamita, alcánzame el spray.

Cuando regreses, tráeme chocolate. Caramelos, chicles, turrones de yema, turrones alicantes, frutos secos. Es malo el chocolate, mami. Vas a matarme con eso, vas a estrangularme. Yo me lo comeré. Lo lameré, chuparé, y morderé por las esquinas. Si quieres la mitad dilo, porque se acaba. Todo se acaba, mamita. Lo bueno es lo primero que se acaba. El chocolate, el café, el dinero, el papel sanitario, el deseo, la imaginación, la juventud, el invierno. Todo se acaba.

Tengo una propuesta que hacerte, mami. Es muy simple e inocente. Tiene que ver contigo más que conmigo, mamita, pero me da vergüenza decírtela. Tiene que ver con algo que yo tengo que tú quieres, y yo te lo puedo dar, mamita, si tú me juras que nunca, nunca más, volveré a verte. Voy a darte lo que quieres veinticuatro horas seguidas, bien abierto y limpio, nuevo de paquete para ti. Solo si tú me juras que nunca más volveré a verte.

Es una enfermedad, mamita, toda esta situación y cualquier situación que se le parezca. La historia de no poder estar solos, felices con nosotros mismos. La necesidad de ser escuchados y, lo que es peor, escuchar al otro, mami, oír un montón de palabras ajenas, inconsecuentes. Tú eres un individuo y yo soy un individuo, y esa palabra, mamita, proviene de una palabra primaria que significa: *que no puede dividirse*. La referencia es sencilla, una unidad independiente, una unidad elemental de un sistema mayor, más complejo, cosa numéricamente singular. Me parece fascinante, mami. Me fascina.

Anoche te extrañé. Lo acepto, mami. Me tendiste una trampa y caí en ella. Me llamaste por teléfono y me dijiste que dentro de media hora pasarías por aquí, a verme y besarme, a darme lo que me pertenecía. Así operas tú, mamita, pasas el tiempo involucrando la palabra NECESIDAD. Porque si uno necesita algo, eso es, precisamente, lo que le pertenece. La ecuación es la siguiente, lo necesito porque me pertenece. Y viceversa, mami. Así que te extrañé. Cociné para ti. Construí un plato maravilloso a base de elementos rebanados y salteados. Me bañé y enjaboné y sequé, para ti, mamita, que jamás llegaste. Me acosté desnuda, sobre la sábana que tú misma pusiste, mami, hace quince días. Tengo que lavar las sábanas.

A las cinco de la mañana abrí un ojo, mami, y luego otro ojo y luego la boca. Me estaba ahogando. Siempre sueño que me ahogo en el océano cuando me da asma dormida. Esta vez no fue distinto. Iba descendiendo sin lograr mover los brazos, mamita, ni las piernas. Es horrible, mami, tú lo sabes. Me has visto despertar en medio de la noche, ahogada y mojada. En esa profundidad estoy yo mientras el sistema respiratorio se paraliza gracias a la contracción de los bronquios. Comparo mis bronquios con peces muertos. Los peces muertos del mar y mis bronquios me atraen hacia abajo, hechizándome.

Hoy me duele la cabeza. Debe de ser el calor, mami. Incluso la PC se ha desconfigurado. Tengo granos en la nuca y en las axilas. Se me está cayendo el pelo, mami. Pronto estaré calva y la gente pensará que hago la quimio. No sé por qué a todo el mundo le gustan las calvas. Creo que encuentran algo sexy en ellas. Un tipo de morbosidad relacionado con el dolor o la muerte. Seré una chica sexy, por primera vez, mami, ya verás.

El día que desaparezcas será un día normal, tanto para ti como para mí. Pasará sin pena ni gloria, tanto para ti como para mí. Tú recuperarás muchas cosas, mami, que has perdido. Cosas que ni siquiera recuerdas, que no reconoces ya. Entre tanto, mamita, yo ganaré espacio y tiempo, toda mi vida será solo mía, como debe ser, mami, y siempre será. Volveré a estar viva dentro de mí, mientras que fuera de mí seré una niña malcriada subiendo por los tejados. Compraré ron a granel y brindaré por ti, sobre los tejados, mami.

El mejor recuerdo que guardaré de ti, mami, si me lo permites, será la forma en que limpiaste mi ventilador. Lo destornillaste mecánicamente. Tomaste un paño húmedo. Primero las aspas y luego el motor. Tomaste un cepillo de dientes y con el cepillo en cada una de las divisiones plásticas de la envoltura. Metiste y sacaste el cepillo alrededor de mil quinientas veces. Realizaste un trabajo de orfebre, mami, un trabajo precioso. Te di las gracias, mamita, con amor. El mejor recuerdo que guardarás de mí te lo llevarás contigo.

Fuimos irresponsables, mamita. No debimos planear lo que planeamos. Un hijo, a estas alturas, o una hija. Tú querías ponerle Esperanza y yo quería ponerle Alegría. Nombres demasiado extraños, mami, demasiado exóticos para nuestra realidad. Demasiado románticos. No me gusta jugar con las debilidades humanas. Para una mujer, mamita, tener hijos es esencial. No me gusta jugar con nadie. Me gusta jugar sola. Y bailar sola entre cuatro paredes.

Tú querías que te dijera lo que yo siento por ti, mamita. Lo que yo siento por ti es lo mismo que siento por cualquiera. Es lástima, nostalgia, y aburrimiento. Cosas que a decir verdad no significan nada. Pero tú querías saberlo, mami, hasta que te lo susurré al oído. Y ahora te lo repito, para que no se te olvide. Porque todo se olvida. Lo malo es lo primero que se olvida. Cada vez que te vas, mami, que sales por esa puerta y me quedo sola bailando, yo te olvido. Se me olvida que existes, mami. Se me olvida lo que hay dentro de mí.

Lo que hay dentro de mí no te lo voy a decir porque es lo único mío. Eso es lo único que tiene la gente, su interior. Es feo decirlo, mami, pero a mí no me importa tu interior. Eso que tienes adentro y siempre me quieres dar, ofrecer como un regalo, a mí me resbala, mami. No quiero nada de ti, mamita, ni de nadie. Más bien quiero que te vayas, en un avión, bien lejos. Si eres feliz o no tampoco me importa, mami. Solo quiero que te vayas y no me molestes más, con esa ternura y ese cariño, mami, que hacen languidecer.

Si te vas en Air France, o en Iberia Líneas Aéreas, o en Mexicana de Aviación, o en la aerolínea que sea, no me importa, mami. Si se atrasa el vuelo, yo te acompaño. Si tienes muchas maletas, yo te llevo las maletas. Si necesitas dinero, yo pido prestado, mami. Iremos a un restaurante y comeremos como dos reyes. Como dos presidentes. Como dioses. Podrás limpiarme la boca con tu servilleta, mami. Podrás hacer lo que quieras. Si el avión se cae, mejor.

Núcleo familiar
en decadencia
compuesto
por una persona
y un animal
doméstico.
Se les ve conformes,
saludables.

IV. Nadie

Etecsa informa: las recargas desde el exterior a partir de veinte dólares y desde el interior con tarjetas de veinte dólares duplican el monto recargado del veintiséis al veintinueve de diciembre, feliz año nuevo.

A veces, desde la carretera, puedo observarla. La observo durante un par de minutos, me extasío en lo que veo, me voy del parque, de la órbita, del eje universal. Luego enciendo el teléfono y saco una pobre foto de cuatrocientos kB. Hay un respaldo, una tapia de ladrillos, que la separa del mundo. La cuida del mundo. La fortalece.

El día de mi treinta cumpleaños recibo un mensaje anónimo vacío. Ese mismo día recibo un mensaje de mi mejor amigo, desde Toronto o Montreal, no estoy segura, que dice así: Estoy en H&M pero no hay casi nada. ¿Quieres un suéter gris con dos corazones negros? Sí quiero pero no puedo contestarle que sí quiero, así que me quedo pensando en mi propio corazón, vacío y negro.

Estoy sentada en la cama en posición de loto. Hacia el borde de los pétalos y el tallo todavía pueden verse restos de rocío matutino. Por la ventana entra un viento que me sacude los pétalos con violencia, caen al suelo, un gato juega con ellos. El tallo no. El tallo se mantiene vertical. Como ves, mamá, tu hija es lo suficientemente adulta como para no darle importancia al viento que entra por la ventana, ni a los gatos que aparecen y desaparecen.

Estoy sentada en la cama en posición de perro amaestrado. No hay viento por la ventana ni restos de rocío matutino. Ya fui sacudida con violencia, pero hoy no. Nada cae al suelo. Sin embargo sigo vertical. Como ves, mamá, tu hija es lo suficientemente adulta como para darles importancia a las cosas que la merecen. ¿Qué opinión te merezco yo, llegado el caso de que te lo preguntaran?

Mientras la observo, enorme como un árbol, evito fijarme en el óxido. Está oxidada y despintada, como todas las de su tipo, pero sigue siendo hermosa. Me atrevería a jurar que es lo único hermoso de la ciudad. Lo único que valdría la pena ver, desde el punto de vista turístico, por ejemplo. Un turismo basado en el extrañamiento, claro está. Un turismo inteligente.

Es importante para mí pensar en ti con un poema en los ojos hoy. Con agua en las manos. Te deseo un nuevo año lleno de días y lugares hermosos. Cosas ciertas.

De una ciudad llamada La Habana a un pueblo casi rural llamado Camagüey, de nombre aborigen y muy sonoro. La última vez que recorrí este trayecto lo hice con la sien sobre tus muslos. El ómnibus cruza el puente del río Zaza a la una y cuarenta y cuatro de la madrugada. A ochenta y cinco kilómetros por hora. En el río a esa hora las cosas no son las mismas. Lo que vive ahí tiene con toda seguridad otro estado, que perderá al amanecer. En el asiento número uno del ómnibus voy sentada yo, un río caudaloso y negro como para no tener desembocadura. Entretenida en mis pensamientos veo el reloj digital encima del chofer marcar la una y cincuenta y tres. En un lapso de nueve minutos creo interpretar la vida y la muerte. Pero una vez más lo he comprendido de forma equivocada.

Etecsa informa: alguien te extraña tanto que podría convertirse en unacosaquenoexiste hasta que vuelva a estar en tus brazos.

Antes de la media noche recibo la deseada recarga, veinte dólares duplicados que se convierten en varios minutos de felicidad y que deberé administrar bajo total sobriedad, con una conciencia ecuánime. Antes de la media noche, además, se intensifican los diferentes estados de ánimo, el extrañamiento, el terror, la euforia. Situaciones bien opuestas a la ecuanimidad. Reconforta cuando el terror da paso a la euforia y luego al sueño tácito, aunque sean cuatro horas. Antes de las cuatro horas oigo una voz en el Nokia Lumia que cada vez me resulta menos conocida, han pasado casi tres meses.

La opinión que de mí merecen las carreteras constituye sin duda un cliché y uno de los lugares más comunes en el campo de la arquitectura. Las carreteras son monótonas y uno sigue siendo el mismo cuando hace un tránsito de una coordenada a otra a través de las susodichas. Por lo que no albergo compasión ni sensibilidad hacia las carreteras, casi siempre adornadas con señalizaciones políticas o de índole educativa, sino que las repulso y evito el tránsito, sobre todo si se trata de un viaje de regreso. El regreso, otro cliché espantoso, no debe hacerse por carretera.

De un tiempo a esta parte la veo acompañada. La tapia no es tan alta y si voy a pie nada me impide pararme en puntas. Una homóloga se ha colocado al frente y da la impresión de que hablan, ella inclinada sobre ella y la otra sobre la otra, en mutua complicidad. En el fondo, aunque mi interpretación de la realidad se oponga, no son más que simples herramientas, ni siquiera máquinas inteligentes. Yo ni simple ni inteligente aunque a veces un poco de cada cosa. Me asomo, enciendo el teléfono, saco una pobre foto de cuatrocientos kB, la imprimo en un Photoservice por veinticinco centavos, la pego en la puerta del refrigerador. Una homóloga se coloca frente a mí, abre la puerta del refrigerador y piensa aquí tampoco hay nada.

Es fin de año en una isla y se supone como todos los días y todos los fines de año que uno debe abrir el refrigerador y extraer algo de ahí. Lo abro y saco una cerveza de lata que se había congelado desde el año dos mil cuatro cuando el presidente de la isla tropezó y se cayó después de dar un discurso y estuvo enfermo como un animal, como un hombre. La cerveza se congeló sin que nos diéramos cuenta, se echó a perder, se rompió, se murió, desapareció. Odio el fin tanto como el principio. Te odio. Dame eso. Dame eso o te doy con la cerveza en el rostro hasta partírtelo. Una isla es la violencia.

Entiendo que llegaré y empezaré a trabajar en lo que aparezca: almacén, casa de ancianos, caja registradora, fregadero, semáforo. Lo entiendo pero no lo ensayo, y sé que ese entendimiento debería ensayarlo con anterioridad, con las manos y los pies, con los ojos muy fijos en un punto imaginario. El ensayo escrito no funcionaría por razones obvias. Es pleno treinta y uno a las doce de la noche. Salgo con una maleta a dar la vuelta a la manzana. Para atraer la idea del viaje y más que nada el viaje en sí mismo. Viaje al futuro. Cosa que nunca he hecho ni ensayado, y resulta un buen paseo, solo un poco de polvo entre los dedos a causa de las chancletas y dos o tres rasguños a causa de las piedras, los alambres. Un borracho se atraviesa en mi camino. Las ruedas de la maleta no se dan por enteradas.

Tres calles más allá, paralelo a mi calle, siempre estuvo el edificio donde vivía ella, una mujer que conozco desde los dieciséis años, la primera que me hizo quedar en ridículo con una simple pregunta que respondí negativamente. La pregunta fue: ¿Sabes jugar? La mujer, entonces una chiquilla seis meses menor que yo, comenzó a mover las fichas del desconocido tablero sola, movía negras y blancas proporcionándome ambas envidias, la negra y la blanca, y se daba a sí misma jaque mate, mirándome de soslayo para acentuar el ridículo. La odié en lo más hondo, y la amé en la misma profundidad. Ahora está frente a mí, haciéndome otra pregunta que me prohibí responder. Las respuestas afirmativas son siempre más peligrosas.

Los últimos autores que he leído oscilan entre las nacionalidades checa y austríaca, así que puedo darme con un canto en el pecho, en la cabeza, en el vientre, puedo dejar caer el canto en mi pie y perder la uña del dedo gordo, porque sé que el personaje o los personajes a imitar no serán psicologías tontas sino todo lo contrario, construcciones redondas consecuencia de literaturas redondas consecuencia de autores redondos, la totalidad. Teniendo en cuenta esta generalización he perdido interés por los latinoamericanos, los norteamericanos, los asiáticos y los africanos. Sé, por supuesto, que cometo un grave error. Trataré de enmendarlo en los próximos años. Lo que necesito no es sabiduría.

Se le llama verdugo, socialmente, al perro cuyo pelaje recuerda un tigre o un tipo de gato mal coloreado. Así, verduga, voy yo ahora hacia Western Union, una agencia que ofrece servicios raros a la población. Así, verduga, voy yo ahora hacia Transtur, una agencia de viajes que ofrece en principio tres opciones de boleto, diferenciadas por sus tarifas y sus tiempos de estancia. Así, verduga, pongo un pie sobre la pista de aterrizaje, la frontera, me dirijo al primer oficial que veo y le pido asilo, quiero ajustarme, estoy desajustada. El pelaje del oficial, que sobresale por las orejas sin ajustarse al sombrero de oficial, recuerda un tigre o un tipo de gato mal coloreado.

Lo peor de no ser nadie no es precisamente, como lo indica la lógica, suponiendo que es lógico ser, no serlo, sino saber, y encima aceptar, que no eres nadie aquí y ahora. El fenómeno sucede todo el tiempo, en cualquier sociedad y en cualquier sistema, unas u otros albergan al individuo y al mismo tiempo lo echan fuera, en esa eterna circunferencia que a ratos ni siquiera sufre movimientos. Plantear una línea recta como un universo, un núcleo, un individuo, un corazón, en el siglo veintiuno, invierno del dos mil quince, podría ser un cliché optimista y por supuesto ingenuo. Sin embargo, plantear una línea recta como una sinfonía clásica o electrocardiograma es sin duda una idea de la angustia mejor representada, aunque no lógica.

Hay una sola forma de saber que ya estás sola, creyendo que no lo estás.

Necesito una serie de elementos para creer que estoy bien. Y la misma cantidad de elementos para creer lo contrario. Necesito compartir para perder, y conocer para despreciar. El lugar es. A pesar de su coordenada y su circunstancia. No la circunstancia del agua por todas partes, sino, en contradicción perpetua, la circunstancia del desierto (hambre y suciedad) por todas partes, frente a la circunstancia de la apariencia (familia y suciedad) por todas partes. Testimonio y crónica de la circunstancia, el oeste existe en la pantalla. Es un documento y una pregunta engañosa, dolorosa. Se puede ver y oír, pero no tocar. Yo lo toqué.

Está mal porque no hay caballos. Las películas del oeste empiezan con un caballo, después un hombre, después una botella, después una serpiente, después un cactus, después un silbido. Después otro hombre con su botella, su serpiente, su cactus y su silbido. Es decir, los adversarios, o los amigos, o los amantes. Pero el caso es que está mal porque lo principal, el caballo, falta. O quisieron jugar una mala pasada y sustrajeron el caballo de la escena. Porque viéndolo desde el ángulo de los signos, éticamente y estéticamente, el resto de los elementos se puede ir deduciendo con facilidad. Hombre, botella, serpiente, cactus, silbido. Quitando el caballo (belleza y trabajo) nos quedan cinco elementos heroicos que en el oeste son los lugares más comunes, despiadados.

Está mal porque tampoco hay amor. Ni odio. Las películas del oeste sudan amor y odio, por los poros, todo el tiempo, desde los primeros créditos hasta los últimos. Si yo digo que hay amor, y que hay odio, ¿dónde están?

La verdad, como es relativa, se supera a sí misma, y se menosprecia a sí misma. Norte y sur, este y oeste, arriba y abajo. Hombres y mujeres, niños y ancianos en el oeste interminable que al ser captado por una pupila insomne, inteligente, se convierte en verdad. No la verdad de la que uno dice sí, es verdad, sino aquella de la que uno solo mira hacia abajo y mueve la cabeza levemente, o si acaso dice no, es verdad. En esa afirmación/negación está constituida la base de una verdad, que para mí podría ser la verdad más grande del mundo, el engaño más encantador, y lo único que importa en el campo de la indisciplina. Sí, esto es el oeste, yo vivo aquí. Sé lo que pasa.

Al abrir un libro y empezar, no empezar a abrirlo sino a leerlo, pasa algo. Cambia la noción de mi cotidianidad y mis obligaciones respecto a ella adquieren un carácter menos que débil frente a las nuevas tareas que se me imponen.

Etecsa es una compañía telefónica que se ocupa de varios procesos, incluidos algunos de la naturaleza. En su guía no figuran páginas en blanco. Solo páginas comunes y páginas amarillas. Las promociones de recargas desde el exterior ocurren a fin de mes, pero uno no puede acostumbrarse a eso.

Al preferir
el croissant de queso
mi bulldog francés
me demuestra,
en primer lugar,
que tiene
buen gusto,
en segundo,
que será muy difícil
complacerlo.

V. Plástico

Si yo fuera un hombre de más o menos cincuenta años, seguramente mi vida sería así:

Antes de entrar a la casa, guardo el auto en el garaje. La casa me costó cuarenta mil, sin nada adentro, solo algunas instalaciones y el tanque de agua. Fue un sacrificio pero en el futuro seré recompensado. Mis hijas están felices. El perro me da la bienvenida. Mi mujer tiene puesta la mesa cuando llego. Ellas hubieran querido comprar cerca de la ciudad, pero la ciudad es un monstruo, y en auto podemos ir a la ciudad a cualquier hora.

Primero nos trasladamos mi hija mayor y yo. Luego mi mujer y mi otra hija. El perro vino en un viaje intermedio, porque las niñas lo adoran. Es un perro de la calle que encontramos hace años. Lo recogimos, cuidamos, limpiamos, y hoy por hoy puede decirse que es el mejor perro que hemos tenido hasta ahora.

Las niñas me dicen papi. Mi mujer me dice papi. Estoy seguro de que, cada vez que abre la boca y me ladra, afectuosamente, el perro me dice papi. Así que ese es mi nombre. Y mi apellido.

Nací el once de septiembre de mil novecientos sesenta y tres, en una región desértica, con carné de identidad sesenta y tres cero nueve, once cero nueve, uno veintinueve, estado civil casado y procedencia social obrera. El número de la licencia de conducción coincide con el número de identidad.

Nuestra casa está situada al este de la ciudad, el lugar es tranquilo, silencioso, aunque en temporada de crisis pueden ocurrir robos, asaltos, incluso asesinatos. Antes de ver mi correo, ya sentado en mi oficina y puesto el aire a una temperatura suficientemente fría, lanzo al cesto de basura una bolsa de nylon estrujada y convertida por mí en pelota de ping-pong. Nunca fallo. De mi silla al cesto hay una aproximación de tres metros y pico. La bolsa de nylon recorre una parábola más o menos perfecta. En el buzón de mensajes, diecisiete nuevos correos que deberé leer con cuidado, interpretar, responder. La bolsa de nylon en la basura va desdoblándose con una lentitud de cámara lenta.

Si yo fuera un hombre serio, callado y listo, mi vida sería así, o tal vez no:

Cada día ingreso al túnel, hago un recorrido rectilíneo por una de las principales avenidas de la ciudad, relajándome y deleitándome con sus árboles, elegantemente podados y distribuidos de forma exacta. La limpieza de esta área, con sus complejos de tiendas, sus embajadas y empresas privadas, da fe de un mundo mejor, un orden natural.

Puedo ver las partículas de oxígeno volando alrededor de una hilera de automóviles, todos grises y en perfecto estado mecánico, como merecemos cada uno de los hombres que trabajamos aquí. Observo la amabilidad de esos hombres, al dejar pasar al que sigue, porque olvidaron algo en sus empresas y retrocederán. Imagino el calor que habrá afuera y doy gracias por mi vehículo, dotado de una temperatura acondicionada que me hace sonreír y conducir al mismo tiempo. A veces, incluso, experimento erecciones de felicidad, antes de ingresar al túnel, y ya en su interior, junto a luces de otros autos que también se introdujeron en la oscuridad, eyaculo fugazmente en una bolsa de nylon que siempre llevo conmigo para estas ocasiones. Los otros conductores, tal vez, se alegren de la vida igual que yo.

Antes de parquear el auto tengo pensamientos inquietantes. Veo a mis hijas desde el auto y no las reconozco. Eran tan pequeñitas cuando nacieron. Ahora son grandes y anchas, y cada una tiene un acento distinto en la voz y una forma distinta de mirarme, y un modo distinto de obedecerme. A veces me dirigen la palabra sin mirarme. Dicen papi y sé que soy yo pero no es a mí a quien miran. Las quiero mucho y también amo a mi mujer, y me ocupo de sus necesidades, y acaricio a mi mujer, pero tal vez ellas no necesitan mi amor. Tal vez necesitan otro tipo de amor. Otra cosa.

Acostados ya, volteo la cabeza y no sé si esa mujer es mi mujer. Me dice papi y sé que soy yo y en la oscuridad la toco, la satisfago, pero no estoy seguro de que sea la misma con la que me casé. Se ha reducido, estrechado. En ocasiones no quepo en ella. No me gusta. Tal vez yo tampoco le gusto. Prefiero leer y dormirme rápidamente. Ella lee todo el tiempo. Noticias.

Si yo fuera, además, un hombre que aprovecha cada oportunidad que se le presenta, este sería el transcurso de una parábola en espiral:

Mi trayectoria política, a partir de los veintisiete años, solo ha tenido lugar en núcleos íntimos, ultrasecretos. Durante la Batalla de Ideas suministré ideas, productos domésticos.

Antes de tomar izquierda para dirigirme a casa, me detengo en una cafetería privada donde venden pasteles diferentes, de diferentes precios, tamaños y sabores. Pido un pastel de dulce de leche, uno de limón y uno de chocolate. Es viernes y me gusta consentir a mi familia, incluso el perro engullirá una cuña de cada pastel que he comprado. Pasteles y queso blanco. Queso blanco y aceitunas. Aceitunas y mantequilla. Mantequilla y pan. Pan y jamón. Jamón y croquetas de espinaca. Croquetas de espinaca y yogur natural. Yogur natural y minidosis de albaricoque.

Adivino que el pastel de limón será elegido por mi mujer, que a la mayor de mis hijas le gustará el pastel de dulce de leche, y que la menor meterá sus deditos en el de chocolate. Sin querer, al pensar en los deditos de mi hija, experimento otra erección. Coloco las cajas con pasteles en el asiento a mi lado, arranco el auto, desdoblo otra bolsa de nylon. Ahora es desagradable.

Como comprador/vendedor, mi actual oficio, soy el encargado de atender la consignación de ciertos Almacenes Universales, logrando un incremento significativo de las ventas en estos tres años de trabajo. En el dos mil once se lograron ventas por cuatro coma seiscientos millones. En el dos mil doce, por seis coma quinientos millones. En el dos mil trece y hasta mediados del dos mil catorce se han facturado ocho coma quinientos millones. Un récord que pesa sobre mis hombros. Como pesan el futuro de mis hijas y el bienestar prometido a mi mujer.

Las promesas que hace un hombre debe cumplirlas al pie de la letra. También su trabajo, un hombre debe cumplirlo. Y si es alguien como yo, que compra y vende productos altamente valorados, debe tener en cuenta los requisitos, las condiciones generales de venta, o el resultado será catastrófico.

Siempre tengo en cuenta, por ejemplo, los pedidos. Ellos deben cursarse por escrito, fax o correo e-mail, indicando código y cantidad. Las cantidades se debe-

rán ajustar a los envases indicados en la tarifa. No se aceptarán condiciones o cláusulas que figuren en los pedidos de los clientes salvo previa aceptación. Y lo más importante de todo: para fabricaciones especiales no se aceptará ningún pedido sin el previo envío de muestras. El pago tiene un plazo máximo de noventa días, y deberá efectuarse mediante recibo domiciliario. Las devoluciones o cambios deberán comunicarse por escrito a nuestra oficina para su aceptación. No se aceptarán devoluciones transcurridos quince días desde la entrega del pedido. En caso de devoluciones por causas ajenas a nuestra Empresa, se efectuará una depreciación por manipulación y reacondicionamiento de la mercancía. Nuestra Empresa se reserva el derecho de variar envasados y precios.

Antes de que se abra la puerta doy un paso atrás, traigo las cajas de pasteles en los brazos. Como una manada vendrán a mí, me abrazarán y besarán, me dirán papi qué rico, qué sabrosura. Doy un paso atrás, y otro paso, y otro. Vuelvo al auto. Me aseguro de no hacer ruido. El perro debe de estar durmiendo porque no sintió mi llegada, no emitió ningún ladrido, no movió la cola, no dijo papi está llegando. Retrocedo muy despacio, los neumáticos hacen ruido, el césped cruje, tomo precaución.

De nuevo en la autopista hago memoria. La última vez que compré bolsas de nylon fue hace tres días. No puedo irme a ninguna parte así, sin al menos una docena de bolsas. Parqueo el auto frente a una gasolinera. Entro al pequeño mercado donde uno se provee de lo mínimo indispensable, como jabón, papel higiénico, espaguetis, bolsas de nylon. Pido un café americano, me siento. Seis brazos húmedos, llenos de sudor,

Mi mejor amiga
se encontró un gato
y le puso Wanda.
Tenía pene
y testículos,
y le puso Wanda.

VI. Wanda

Mi esposo y yo somos novios desde la adolescencia.
La casa donde vivíamos tenía una sola planta.
Nosotros solos construimos la segunda.
Mano a mano y ladrillo a ladrillo.
Con escalera de caracol.
A todo el pueblo le daba envidia la escalera.
Y la pintamos de rojo.
El color de la pasión.

Yo salí embarazada enseguida.
Del varón primero y después de la hembra.
Mi esposo quería la parejita.
Y tuvimos la parejita.
Y a los dos los parí en la casa porque no dio tiempo a llevarme a la ciudad.
Mi esposo se emborrachó y se cayó en una cuneta, las dos veces.
Y no dio tiempo a llevarme.
Las dos veces pujé, como una mujer, y los muchachos salieron.
El varón se parece a mí y la hembra se parece a él.
Siempre es así, parece.
Cosas de genética.

Hace veinte años que estamos juntos.
Casados por lo civil y por la Iglesia.
A todo el pueblo le dio envidia cuando nos ca-
samos por la Iglesia.
Ni que fueran tan cristianos, decían.
Ni que creyeran tanto en Dios, decían.
Que Dios los perdone.
Y los guarde.

El papá de mi esposo vive a una cuadra de noso-
tros.
Enviudó hace cuatro años y no se ha vuelto a
juntar con nadie.
Anda sucio por la calle y habla solo.
Yo le doy vueltas.
Le llevo un poco de sopa, si hago sopa.
O un poco de arroz con pollo, si hago arroz con
pollo.
Los muchachos lo iban a ver al principio.
Ahora cada vez menos.
Les da miedo.
El pueblo dice que tiene una escopeta.

Ya mi esposo no es el mismo.
Ni yo soy la misma.
Yo me di cuenta de eso pero él no.
Y estoy cansada.
Hace dos meses le dije que se fuera.
Dio lucha pero al final se fue.
Recogió todo en un gusano, sus ropas y herra-
mientas, y se fue.

Una vida entera.
No se fue para la casa del padre sino para la casa de un amigo.
Mejor porque así conversa con alguien de su misma edad.
Los muchachos también dieron lucha.
Querían irse con él.
Los muchachos son así.

Mis amigas me apoyaron mucho.
Si ya no lo quieres tienes que dejarlo, me decían.
Si ya no lo amas no puedes fingir.
Nosotras estamos contigo, me decían.
Mi jefe también me apoyó mucho.
Es un hombre muy atento.
El mes pasado me trajo un botón de príncipe negro.
Una flor para otra flor, fue su frase.
Mis amigas llenaron un vaso de agua para que pusiera el príncipe negro.

La semana pasada mi jefe se quedó a dormir conmigo.
Los muchachos fueron a ver a su abuelo.
Se quedaron allá a dormir.
Se molestaron conmigo.
Me dejaron de hablar dos días.
Los muchachos son así.
Mi jefe me trata como a una reina.

Hoy por la mañana llego al trabajo y me encuentro una flor en mi escritorio.

Un príncipe negro.

No me imagino cómo lo hizo porque salimos juntos de casa.

Lo abracé y le di un beso en la frente, mi amor.

Qué cariñosa tú eres, me dijo.

Más cariñoso eres tú, le dije.

Cuándo vas a divorciarte, me preguntó.

No me presiones, le dije.

A las diez de la mañana mis amigas fueron a comprar café.

Yo me quedé adelantando un poco.

Hay tantos informes que entregar.

Y acuñar.

Me vuelvo loca aquí.

Miré el príncipe negro y suspiré.

¿Cuántos pétalos tendrá una rosa?

Tocaron la puerta.

Demasiado pronto como para que fueran mis amigas y el café.

Era mi esposo con un machete.

Vete de aquí.

No me voy.

Que te vayas.

No me voy.

A ver, qué vas a decirme.

Nada.

Entonces qué quieres.

Matarte, puta.

Más puta será tu madre.

Mi madre está muerta, puta.

Entonces tu tía.

Te voy a cortar las manos, para que aprendas.

Si me las cortas te cogen preso.

Qué me importa.

Mira, mejor te vas.

Entonces me dio un machetazo en un brazo y después en el otro.

Las manos se cayeron a los pies del escritorio.

El príncipe negro se tambaleó.

Salí desangrándome para afuera y mi esposo seguía ahí.

Nadie salió a defenderme, tan envidiosos.

Ahora vas a ver, puta.

Me metió el machete en la barriga y me abrió como un cerdo hasta la garganta.

Para que aprendas, puta.

Si no eres mía, no eres de nadie.

Desgraciado.

Cabrón.

De ahí se fue para la casa del padre.

Tenía todo preparado.

La soga en la tubería.

El nudo.

Todo.

Se paró en la silla.

Se puso la soga en el cuello.

Saltó y se partió la tubería.
Quedó vivo en el suelo como un pollo.
No importa.

Dónde cojone está la escopeta.
Buscó la escopeta por toda la casa.
Abrió el refrigerador.
Tomó agua.
En el refrigerador lo único que había era agua.
Y vinagre.
La escopeta estaba detrás de la puerta del cuarto.
Llena de polvo.
La sacudió.
Disparó.
Perfecto.

A esa hora regresaron mis amigas.
Con un poco de café en un vaso plástico.
Café frío.
Y viejo.
Y la mitad de una pizza.
De queso.
Más fría que la pata de un muerto.

Afuera de la morgue estaba mi mamá.
Estaba mi hija.
Estaba el padre de mi esposo.
También algunos vecinos y la policía.
El varón no vino al hospital porque tenía ver-
güenza.

Los muchachos son así.
No entienden.

El padre de mi esposo y los vecinos querían velarnos juntos.
En nuestra casa.
Con mis hijos, la familia y los vecinos.
Y mi mamá no estaba de acuerdo.
Él la mató, cojone.
Porque la quería mucho.
Pero la mató, cojone.
Porque la quería mucho.
Que lo vayan a velar a la casa del carajo.

Al final nos velaron juntos.
Arriba en el cuarto.
Una caja al lado de la otra.
Todo el pueblo subía por la escalera de caracol.
Qué rojo más lindo tiene esta escalera, decían.
Subían a dar el pésame.
Se quedaban solo un rato.

Mi jefe también subió.
Le pidió permiso a mi mamá para poner un príncipe negro en mi caja.
El padre de mi esposo se levantó y salió a coger fresco.
Tal vez pensó que era una indecencia.
O que habría que buscar un príncipe negro para su hijo.

Mi mamá le dio permiso.

Los muchachos no.

Estaban muy elegantes sentados junto a las cajas.

Pero no querían ver ningún príncipe negro por ningún lado.

Ninguna flor.

Los muchachos son así.

Me duermo.
Me ahogo.
Trago agua.
En el fondo
del océano
hay un Samsung
Galaxy
vibrando.

VII. Dios

Mamá nos decía cuídense y respétense. Nos decía respétense mucho, y cuídense. Nos decía eso una vez al día primero, luego dos veces, luego tres, y así, hasta que aquello se convirtió en sinfonía.

Pero ella entraba, me miraba, se sentaba, me miraba, abría las piernas, me miraba, cogía el aparato, me miraba, lo ponía entre sus piernas, me miraba, lo acomodaba, me miraba, sacaba la pica, me miraba, movía las llaves, me miraba, tensaba las cuerdas, me miraba. Me miraba con la misma mirada de mamá, con el mismo mentón, la misma nariz, los mismos dientes. Mamá tenía los dientes perfectos y quería que nos cuidáramos. Cuídense como hermanas. Pero ella me miraba con los mismos ojos de mamá. Mamá se fue a una misión.

El pueblo entero se había ido yendo, poco a poco, a misiones. Las personas se iban durante años a prestar servicio en lugares impenetrables, países catastróficos, países enfermos, gente enferma de los órganos abstractos que no se ven. Y el pueblo entero se había ido yendo, poco a poco, a salvar a aquellas personas, desconocidas, arrastrados por el concepto de la solidaridad. La solidaridad convertida en dólares, en comida, en equipos electrodomésticos.

Por el chat, aun después de semanas, mamá nos decía cuídense mucho, las amo mucho, las veo en cada muchacha que me cruzo en el camino.

Por el chat, aun después de diez meses, mamá nos decía no se falten el respeto, defiéndanse una a la otra, cuídense mucho, me acuerdo de ustedes siempre.

Por el chat, aun después de dos años, mamá nos decía cuídense, protéjanse mutuamente, piensen en mí, no me olviden. Mamá nos decía eso y la mayor parte del tiempo se quedaba tiesa en silencio mirándonos mientras nosotras tiesas mirándola asentíamos, que sí, que cada vez nos queríamos más.

A pesar de la misión, de la distancia y el chat, los dientes de mamá seguían siendo los mismos.

Mamá misionera nos extrañaba, pero tenía que cumplir misión, debía ser solidaria y autocrítica, debía salvar las vidas de otras personas de otros pueblos de otras selvas de otros países de otros continentes. Y debía volver a casa con las manos y los pies y el alma llenos de regalos, incontables, para sus niñas adolescentes jóvenes adultas viejas.

Eso éramos y eso seguiremos siendo. Dos niñas adolescentes jóvenes adultas viejas. Un par de niñas sin mamá misionera en la casa para halarnos las orejas, para separarnos.

Entonces ella entraba, me miraba, se sentaba, me miraba, abría las piernas, me miraba, cogía el aparato, me miraba, lo ponía entre sus piernas, me miraba, lo acomodaba, me miraba, sacaba la pica, me miraba, movía las llaves, me miraba, tensaba las cuerdas, me miraba. Me miraba con la misma mirada de mamá, con el mismo mentón, la misma nariz, los mismos dientes. Mamá tenía los dientes perfectos y quería que nos cuidáramos. Cuídense como hermanas. Pero ella me miraba con los mismos ojos de mamá. El mismo carácter de familia. Un gesto entre seductor y travieso. La misión de la travesura que debíamos llevar a cabo.

—Ya no puedo escribir, por tu culpa.

—Pero tengo que estudiar.

—Aprende a estudiar bajito.

—El aparato no suena bajito, no es eléctrico, no tiene volumen.

—En tu cabeza tampoco hay volumen.

—En tu cabeza no hay música.

—Sí hay.

—A ver, qué música hay.

—Ven aquí.

Entonces ella vino, se acercó, hizo como si levantara una tapa, hizo como si se asomara al vacío, sopló con su boca y sus dientes, que eran la boca y los dientes de mamá, hizo como si metiera la mano en un hueco, hizo como si sacara algo, y empezó a reírse a carcajadas.

—Ya lo viste, hay música.

—No es música, tonta. Lo que acabo de sacar de tu cabeza es una piedra redonda, una china pelona del paraíso.

—Mi cabeza no es el paraíso.

—Tu cabeza es un paraíso sin música lleno de chinas pelonas, aire y miedo.

—Por qué miedo.

—Tú le tienes miedo a Bach.

—A lo que les tengo miedo es a todos sus preludios juntos.

—Tú le tienes miedo a Bach.

Sí. Le tengo miedo a Bach. Le tengo miedo a mamá. Le tengo miedo al comandante que envió a mamá a una misión. Le tengo miedo a ella que me cuida y la cuido y reproduce a Bach con las piernas abiertas sentada en una silla con las piernas abiertas con el busto erguido con el mentón erguido con la cara contrayéndose por los sonidos de Bach. Sonidos revolucionarios, solidarios, abecedarios. Le tengo miedo al comandante que envía misioneros que abandonan a sus hijas.

Sí. Avenida de las Misiones, trece de agosto, doce meridiano. Once misioneros desfilan para celebrar el cumpleaños del comandante, y escuchar al comandante hablar, y obedecer sus órdenes. El comandante da amor y órdenes. El comandante necesita mandarlos a una misión. La misión es secreta. La misión es un milagro.

Sí. Les tengo miedo a las misiones. Les tengo miedo a los reptiles. Le tengo miedo a Facebook. Le tengo miedo al chat. Le tengo miedo al mosquito hembra. Le tengo miedo a la comida. Le tengo miedo a la claridad. Le tengo miedo al dinero. Le tengo miedo a la ropa nueva. Le tengo miedo a una china pelona. Le tengo miedo a la poesía. Le tengo miedo a la música.

Sí. Aeropuerto de las Misiones por donde salió mamá, y por donde salió María, y Elvira, y Reina, y Amelia, y Cristina, y Luisa, y Susana, y Esperanza, y Flor, y Carmen, y Laura, y Sofía, y Ester, y Virginia, y Lisbet, y Liset, y Elena, y Caridad.

Sí. Le tengo miedo a Luigi Boccherini. Le tengo miedo a Gaspar Cassadó. Le tengo miedo a Han-Na

Chang. Le tengo miedo a Jacqueline du Pré. Le tengo miedo a Emanuel Feuermann. Le tengo miedo a Pierre Fournier. Le tengo miedo a Antonio Janigro. Le tengo miedo a Yo-Yo Ma. Le tengo miedo a Mischa Maisky. Le tengo miedo a Jacques Offenbach. Le tengo miedo a Carlos Prieto. Le tengo miedo a János Starker. Le tengo miedo a Paul Tortelier.

Sí. Mar azul de las Misiones donde meto la pata cuando voy al mar y mi misión solo es esa, meter la pata. Mi primera pata y mi segunda pata, y luego ella se acerca, me mira, mete sus patas.

Sí. Le tengo miedo a Angola. Le tengo miedo a Miami. Le tengo miedo a Varsovia. Le tengo miedo a París. Le tengo miedo a Moscú. Le tengo miedo a Caracas. Le tengo miedo a Barcelona. Le tengo miedo a Lepanto. Le tengo miedo a Johannesburgo. Le tengo miedo a Tokio. Le tengo miedo a Jerusalén. Le tengo miedo a Nagasaki. Le tengo miedo a Puerto Príncipe. Le tengo miedo a Tijuana. Le tengo miedo a La Habana. Le tengo miedo al miedo.

Sí.

Sí.

Ella también tenía un poco de miedo. Los doctores, las enfermeras, los ingenieros, los maestros, los constructores, los campesinos, todos, se habían ido yendo a una misión. Los artistas, los economistas, los abogados, los vendedores, los zapateros, los escritores, los músicos, todos, se habían ido yendo a una misión. A esta altura no quedaba nadie en la ciudad.

Nadie.

Nadie.

Se despertó en la noche con un grito mudo. Me llamó. Me lanzó el aparato. Hizo señas para que lo colocara a mi lado, del lado de allá. Saltó de su cama a mi cama como un anfibio de una piedra a otra piedra. Vio si el aparato estaba bien puesto. Se tapó con mi sábana cabeza y todo. Se acurrucó a mi lado como una china pelona húmeda. Se durmió.

Lo demás fue normal y sucesivo. Cada noche lo mismo. Salto de anfibio en la madrugada. Sábana compartida. Humedad.

En la madrugada de un trece de agosto me desperté soñando con el comandante. Se conmemoraba el natalicio del comandante real que cumplía ese día alrededor de cien años. El comandante era una muchacha tibia, a mi lado, que quería mandarme a una misión. Para convencerme de que la misión era importante y de que yo debía abandonar mi casa para irme a una misión, me besó en la boca ejemplarmente, metió la lengua, enlazó mi lengua, lamió las encías, limpió mis dientes, babeó mis labios, y claro, entendí que yo debía abandonar mi casa para irme a una misión. Comandante en jefe, ordene.

Mamá nos decía cuídense mucho, y en realidad nos cuidábamos mucho, nos respetábamos y queríamos cada vez más. Por chat prometí a mamá comprarle un aparato nuevo a mi hermana, no con el dinero que nos enviaba mamá para comer, sino con mi propio dinero, un montón de dólares que conseguí en un concurso. El concurso era de conocimiento. La pregunta por radio fue: ¿Quién compuso el arte de la fuga?

Le compré un instrumento nuevo, un Stradivarius de lujo, con un forro de rueditas, para que no hiciera fuerza. Ella no puede hacer fuerza, le dije a mamá por el chat, y mamá estaba de acuerdo, ella no puede hacer fuerza.

Le perdí el miedo a Bach.

Le perdí el miedo al comandante.

Si alguien llama
y te dice que no,
cuelga rápido.
Si alguien llama
y te dice que sí,
cuelga rápido,
también.

VIII. Miami

Aeropuerto, cinco de la tarde.

Si cuento la cantidad de personas que mis pobres ojos (astigmatismo y pérdida de visión) alcanzan a ver en pocos minutos, tal vez la cifra ascienda a un millón. En la derecha cien libros y en la izquierda el pasaporte. Los cien libros pesan más que yo, así que corro a buscar un carrito donde depositar la bolsa que los contiene. Halo el carrito y no puedo sacarlo. Vuelvo a halar con más fuerza y nada. El carrito retrocede hacia mí, en reversa, por un raíl de aluminio, pero no sale. Debo meter mi tarjeta de crédito en una ranura incrustada en la pared. La ranura incrustada en la pared es una máquina que accederá a mi crédito, restándole un pequeño saldo, y el carrito saldrá del raíl. Pero no tengo tarjeta. Ni crédito. En el lugar de donde vengo las tarjetas y los créditos no existen.

Wynwood, tres de la madrugada.

El pueblo negro duerme. Despierta lentamente, un ojo, otro ojo, otros ojos, otros seres humanos. Los buses se acercan en línea recta, no los veo llegar porque si viro la cara el viento me vuela los pelos, qué molestia. A los autos ni los miro, me disgustan.

El bus frena, se detiene, no pierde velocidad, gana espacio. Es mi espacio. Tiene aspecto de animal, de planta inmensa. Cuesta un dólar más o menos, o tal vez dos. La chica me invita a subir con un ademán amable, subo. Adentro todos son negros. Viejas negras, hombres negros, niños negros, mi niña. El aire acondicionado, cruel, hizo erizar a todos. La chica me acaricia, soba mis brazos proporcionando calor, quema. Hubo un gesto imperceptible de mis brazos que denotó extrañamiento. Es un poco lamentable para mí no saberme despegar, no conseguir menos que asombrarme.

Media hora antes de que el bus llegara, caminé junto a esta chica, por una acera de ardillas, mapaches, flores. Sin hablar, solo sonriendo, apuradas, hacia el bus. La risa reemplazó al lenguaje, anulándolo.

Es un bus y dos mujeres, pobres, desconocidas.

Panther Coffee, diez de la mañana.

Las personas son hermosas. No recuerdo haber visto en mi vida tantas personas hermosas en un mismo perímetro, sin sofocarse. Dentro y fuera, hermosas, maravillosas. Hablan inglés, español, francés, portugués, japonés, árabe, alemán. Dicen la verdad y mienten. Pueden mentir porque son hermosas y toman café con mucha elegancia. Abren sus computadoras y teclean rápidamente con mucha elegancia. Piden té frío y mastican un sándwich de semillas integrales con más elegancia aún. Disfrutan de sus presencias, se relamen, se sonríen, olvidan lo que los trajo precisamente a este sitio. Disfrutan de la vida y del café. Compran café boliviano, colombiano, brasileño, venezolano, americano. Son reyes. Reinan y ordenan. Mandan y cambian. Existen.

Por mi parte soy un gato, sentado, tranquilo. Ella también es un gato. Trenzas sueltas. Parada detrás del mostrador. Sirviéndoles a todos. Ronronea hacia mí, con una taza en las manos para mí, caliente. Leche de almendra. Corazón.

Le hago una foto al corazón de almendra con mi teléfono.

Gato y feliz.

Books & Books, dos de la tarde.

De pronto lo contrario. Mueca, vidrio, papel. Libros caros, caros, que no puedo ni quiero leer. Clásicos. Modernos. Contemporáneos. Mesas con sombrillas. Escritores más ilustres que los libros. Bebidas suaves en copas finas. Turistas y transeúntes. Tres escritoras sentadas juntas sin saber qué decirse a sí mismas. Una cruza las manos, otra cruza las piernas, otra llama al camarero.

Compra lo que quieras, yo lo pago.

Quiero salir corriendo y tropezar con un árbol que huele a resina húmeda.

No tenemos árboles, solo libros o copas.

Quiero salir corriendo y tropezar con un árbol que huele a resina húmeda.

Casa de una amiga, nueve de la noche.

Somos seis compartiendo una fuente. Hay mucho. Colores y sabores desconocidos hasta el momento. Una amiga toma un rollo y me lo mete en la boca, eso no engorda. Otra amiga toma un rollo y me lo mete en la boca, ni engorda ni alimenta. Así que todavía desconozco el sabor. Solo veo los rollos entrar directo a mi boca, sin saber a qué saben.

Estamos demasiado sobrias. Aburridas y sobrias. Jugando a meternos cualquier cosa en la boca. Sensuales. Sin hambre. La comida no debe sobrar.

Se llama sushi y es japonés.

¿Quieres gin-tonic?

Me gustan mis amigas y el calor ajeno, cosas ajenas a la realidad. Me gusta sudar y ponerme nerviosa. Me gustan la cerveza y los vegetales plásticos, enlatados. Todo se echa a perder, tan fácilmente, aquí.

Mis amigas fuman como chimeneas. Salen de la casa para fumar. Son las chimeneas más bonitas que conozco.

Me gusta todo con mis amigas. Sin ellas la ciudad es una hormona gigante, hablándome en inglés y en español al mismo tiempo.

Estoy enamorada.

Caballero.

De ustedes.

Luego río con otros amigos a través de una pantalla. Hago un trayecto de mil latitudes en media hora, bordeando un país digital que por más que me canse no se terminará.

Dolphin Mall, media mañana.

Algo parecido a un aeropuerto pero sin necesidad de llegar a ningún lado.

Comprar. Comprar. Comprar.

Forever 21, ropa interior.

Aéropostale, una camisa.

Gap, un vestido y un short.
Chocolate. Escaleras. Luces.
Androide.
Transgénero.
Triunfo.
Welcome to paraíso.
Siéntate y respira.
Tienes el control.

Casa de José Kozer, mediodía.
Ante mí un hombre famoso que me da escalofrío. Es alto. Es un árbol. Es un monstruo bello con ramas. En vez de dos manos tiene tres manos. Alargadas. Luminosas. Los tramos de sus uñas miden dos centímetros. Siempre me fijo en los tramos de las uñas. Dedos y uñas me inspiran gusto, excitación.
Su esposa, lo mismo. Un monstruo bello con ramas. Ramas verdes. Flores verdes también.
Se turnan para hablar. Me duelen los ovarios. Voy al baño varias veces. Echo sangre, orine, gases.
Ella prepara un pescado crudo, con limón y albahaca y yerbas que no puedo disfrutar.
Mastico mirando al hombre, habla de poesía y dinero al mismo tiempo.
Habla naturaleza.
Habla palma, pino.
Hace tiempo te estaba esperando.

Tattoo Studio, siete y treinta de la tarde.
Mi amiga me recoge en su automóvil, comprado a crédito y de uso, confortable. Subo al auto. Voy

mirando por la ventanilla. Carretera. Automóviles. Me mareo. Ella sabe adónde vamos, pero yo no. Es su regalo de despedida. Una promesa. La miro desde mi asiento, a su lado. Es cinco años más joven que yo. Me gusta mucho. Me atrae como una película en pantalla grande, actuada por mis actores y mis actrices preferidos. Necesito tener un accidente.

Trabaja en un banco y dice que por eso no tenemos nada que ver. Me besa. Me aprieta contra su pecho. Dice que soy tan pequeña. Todos dicen lo mismo. Qué fastidio. Cuando roza mis nalgas sin querer, se asusta y me mira a los ojos profundamente, con los labios medio abiertos, los ojos aguados. Tal vez son ideas mías. Me quiero casar con ella.

Entramos al estudio de tatuajes y piercings. La adrenalina sube. Me encantan los tatuajes y los piercings. Aunque jamás me haría un tatuaje ni me pondría un piercing en los genitales. La idea es aterradora.

Quiero ponerme un piercing en la nariz. Atravesando el tabique de manera que pareceré una vaca pero no mugiré, ni comeré pasto seco, ni me bañaré en un lago a las afueras del pueblo. Seré una vaca tolón-tolón, que perderá la razón.

Un piercing es un arete, con dos bolitas de acero que enroscan en los extremos. Muy delicado, y femenino.

La que pone los piercings es una mujer triste, peruana. Con cara de persona que no ha tenido sexo en muchos días, ni ha comido algo sabroso en muchos días, ni ha visto una película asombrosa, ni ha visto el mar.

La peruana me agarra el tabique con una tijera que tiene un agujero en ambos lados, me duele. Cierro los ojos. Los abro. Le digo que me enseñe el resto de sus herramientas. Me las enseña.

Si no quieres, no.

Quiero.

Mi amiga me da la mano. Mi mano en su mano hace que decida hacerlo, soy valiente.

A través de los extremos circulares de la tijera, la peruana atraviesa una barra de metal por la que luego introducirá el piercing, en forma de argolla, quiero. A sangre fría. La presión que hace la peruana con sus manos traza sintonía con el odio y la venganza. Me duele más que un tatuaje, más que el amor.

Echo sangre, lágrimas, moco. Todo mezclado gotea. Mi amiga ríe. Yo río y lloro.

El piercing luce como si siempre hubiera estado ahí. Desde mi nacimiento.

Doy gracias a la peruana.

La peruana me da las gracias a mí.

Cuarenta dólares.

Internet, media noche.

Desde que llego doy clic en el ícono de conexión y me conecto. Donde vivo no hay eso llamado wi-fi. Mi mejor amigo vive en Canadá. Mi hermana vive en Tenerife. Mi papá vive en una isla perdida. Mis antiguas parejas viven en México, Brasil y Nueva York. Y así sucesivamente. Un arria de personas sin las cuales nunca imaginé vivir. Esas personas están ahí, conectadas a diario, presentes. Ahora también yo estoy presente. También tengo nombre y perfil, y un estado cada día que puedo modificar. Los veo.

Los oigo. Ellos, desesperados, quieren ponerse al día. Lloramos juntos, en grupo. Nos acostamos y levantamos juntos. Bien sabemos que tiene fin.

Yo te amo.

Yo también.

Buenas noches.

Hasta mañana.

Fiesta de despedida, sin hora.

Empieza oyéndose *Fast Car*, de Tracy Chapman. Termina oyéndose una canción que no recuerdo. No porque no la recuerde, sino porque algunos han vomitado, otros conversan, y otras, como yo y ella, bailamos extrañamente en la cocina, sus labios frente a mis labios, a pocos milímetros de distancia. Las respiraciones muy cerca una de otra.

Ni mis brazos la toman por su cintura, ni sus brazos me toman a mí. Es un estado de libertad y placer, pocas veces alcanzado en nuestras vidas, como una canción.

En la fiesta tuvimos cervezas, cocteles, gin-tonic, marihuana, hongos, pescado, carne, vegetales, parrilla, humus.

Tuvimos todo.

Tuvimos lo merecido.

La última canción no la recuerdo.

Aeropuerto, ocho de la mañana.

El nombre de la aerolínea no es conocido. De regreso a mi casa lo olvidaré. Al igual que las experiencias desagradables.

Llegamos, pesamos los equipajes, los envolvemos en nylon para estrecharlos y protegerlos. Efectuamos el chequeo, pagamos. Las personas que han estado a mi cargo me acompañan hasta pasadas las cuatro de la tarde. Les doy las gracias. Les agradezco infinitamente. No son personas afines a mí. Les parezco extraña y malagradecida. Descuidada, torpe. Esperaban otra cosa de mí. Yo no esperaba nada de ellas.

El vuelo ha sido atrasado porque el avión presenta problemas. Me compran agua, comida. Me abrazan fríamente. Trato de mirarlas a los ojos y transmitirles correspondencia. Huyen mi mirada. Los ojos no se encuentran. Se van.

Me quedo pegada al teléfono, conversando con mis amigas, esperando que aparezca una señal. La señal no aparece.

Pasadas veinticuatro horas anuncian la salida del avión. Nos conducen por un pasillo hasta la puerta número tal. Tenemos derecho a papas fritas, hamburguesas, manzanas o gaseosas. La aerolínea invita. No elijo nada.

Bloqueador solar
en las manos
y en el pecho.
La edad
de una mujer
se sabe
al mirarla ahí.

IX. Clítoris

Hice el reporte de mi situación un lunes por la mañana. Lo hice debidamente, por escrito, al Consultorio. El miércoles me llamaron. La doctora levantó mi falda, apartó un poco los pelos y observó la irritación con cara de doctora en ciencias. Se puso los guantes y sacó un medicamento. Untó el medicamento entre mis genitales y volvió a mirarme de la misma forma. Una forma de mirar clavando la mirada, subiendo las cejas, abriendo bien los ojos. Ni siquiera se tapó la boca. Llegué al albergue de sesenta camas y me eché en la mía. Mi cuerpo retumbó en la guata como un saco de arroz que dejan caer. El consultorio era un lugar horrible. Silencioso y blanco, pero horrible. Las doctoras que trabajaban en él daban la impresión de ser veterinarias.

Al día siguiente amanecí peor. El medicamento que la doctora me administrara continuaba ahí, pegajoso, mi piel no lo había absorbido. No lograba abrir las piernas. Me dolía tanto como me ardía. Me dirigí a los teléfonos para llamar a mamá. Sentadas frente a los teléfonos estaban mis compañeras de clase. Al verme comenzaron a reírse. Se reían alto, a carcajadas, apuntaban con sus dedos a mis piernas, se tapaban la nariz. Querían que llorara y las complací, avergonzada. Mamá contestó al teléfono varios segundos después. Le pedí que viniera a buscarme. Que me rescatara. Le expliqué mi situación. Lo urgente de la situación. Prometió venir enseguida.

No fue hasta entrada la noche que recibí un llamado de la Oficina. Mamá estaba ahí, pidiendo una autorización para sacarme de pase. Fue doloroso trasladarme desde el albergue hasta la Oficina. El albergue era cuadrado y mi cama, distante de la puerta, se tambaleaba cuando yo subía o bajaba de ella. Las camas eran dobles. Tipo literas. Mi albergue era el tercero del cuarto piso. Me trasladé apoyándome en las barandas, en los pasamanos y columnas, pidiendo auxilio a alguna compañera, respirando hondo. El director quiso constatar la veracidad de mi historia. Subió mi falda y observó. Debajo estaba mi cuerpo, desnudo y hecho pedazos. La subdirectora y el oficial de guardia observaron. Mamá también. Los cuatro comprendieron, se taparon la nariz. El director en persona firmó la autorización de pase.

Mamá me condujo a casa. Hacía tiempo no veía al resto de mi familia. Todos me abrazaron y me llevaron a mi cuarto, en brazos. La hermana de papá, una doctora especialista en neonatología, llegó al poco rato para *hacerme un reconocimiento*. El reconocimiento se basó en una observación profunda y detenida. No me atrevo a intervenirla, dijo, hay que llevarla al hospital. Dormí esa noche en mi propio cuarto, en un colchón de verdad, sobre una almohada de verdad, con gente de verdad a mi alrededor. Soñé varias veces. Ni ese día ni ningún otro he logrado recordar lo que soñé. La neonatología es la especialidad que se ocupa de los niños de uno a treinta días. Pasados los treinta días, otro tipo de especialista examina a los niños, los diagnostica.

En el Cuerpo de Guardia del Hospital me diagnosticaron gonorrea. Un doctor me pidió, con mucha amabilidad, que me quitara la ropa y subiera a una camilla. La neonatóloga hermana de papá, junto a mí, dio su aprobación. Ya abiertas mis piernas, neonatóloga y doctor intercambiaron miradas. Percibí asombro en el intercambio, extrañamiento, acusación. Cerré los ojos. El doctor se puso los guantes e introdujo un dedo dentro de mí. Nada en mi vida, anterior a eso, había sido tan doloroso, tan ofensivo. Grité y la hermana de papá susurró en mi oído *es tu culpa*. No me sentía culpable de nada. Si acaso, de haber faltado a clases tres días seguidos. Lo que en realidad me hacía feliz, orgullosa.

La gonorrea, también denominada blenorragia, blenorrea y uretritis gonocócica, es una infección de transmisión sexual provocada por la bacteria de nombre gonococo. Ocurre durante el coito, o en el parto si la madre estuviese infectada, o por contaminación indirecta si una mujer usara artículos de higiene íntima de otra persona infectada. La gonorrea está entre las infecciones de transmisión sexual más comunes del mundo. Los lugares no genitales que también son atacados son el recto, la faringe y la conjuntiva de los ojos. La vulva y la vagina en las mujeres, normalmente, también son afectadas, puesto que están ligadas con las células epiteliales. En las mujeres, el cérvix es el primer sitio usual de infección.

La opinión del doctor no atendía a inflamación pélvica ni a molestias urinarias, el hombre se basaba para acusarme en el enrojecimiento de mis genitales, la secreción vaginal, y algo indiscutible: un olor a pescado podrido que se extendía por la habitación.

Mamá y papá, susceptibles al dictamen, me miraron con tristeza y preguntaron, a coro, cómo pude descuidarme, por qué no tomé precauciones, quién había sido el transmisor, dónde había sido efectuado el acto, a qué hora del día, cuántas veces. Lo inapropiado de las preguntas me hizo dudar de mí. Tal vez había dejado de ser una persona higiénica. Tal vez me había relacionado con algún compañero de grupo más afectuosamente que con el resto. Ni siquiera entendía de qué se trataba. Era desconfiada y no creía en la amistad. Fui ingresada en la Sala de Infecciones del Hospital.

Al otro día, el diagnóstico inicial debía ser confirmado a través de análisis de sangre y un par de ultrasonidos vaginales. A los ultrasonidos me negué. Nadie más me abriría las piernas, ni me acusaría más, ni se taparía la nariz por mis hedores.

Los análisis me los hicieron referidos *con urgencia* y no se detectaron grandes alteraciones, solo un poco de esto y otro poco de aquello, y el índice bajo de algo y el índice alto de otra cosa. En general todo más o menos como se esperaba. Los ultrasonidos eran imprescindibles y yo no los autorizaba. De la Dirección General del Hospital llegó la orden médica de llevarme al Salón.

Antes de entrar al Salón, un doctor africano fue a verme. Me destapó y observó. Era un negro que llegaba al techo, tal vez medía dos metros, o dos metros y pico, fuerte y musculoso, joven. La bata blanca brillaba sobre su piel, o era él quien brillaba bajo la bata. Olía a árbol. No traía guantes puestos.

Acercó una de sus manos y tocó. La mano inmensa se convirtió en pétalo. El examen, en caricia.

En el Salón me anestesiarían para hacerme todos los ultrasonidos que quisieran, meterme todos los espéculos que se les antojaran, dedos enguantados, tijeretas, pinzas, algodones, máquinas. La anestesióloga era una mujer obesa que me miraba como a un bicho raro. Los mocos se me salían del miedo y la anestesióloga susurró en mi oído si sigues soltando mocos no te anestesiaré. Entonces me sequé los mocos con el borde de la bata de hospital. Mamá estaba afuera llorando por mí, su primogénita enferma. Papá estaba afuera llorando con mamá, su esposa llorona.

Dicho y hecho, la intervención fue una derrota. Ni gonorrea, ni trichomonas, ni condiloma, ni herpes, ni clamidia. Yo solo presentaba una intensa moniliasis provocada por aguas sucias y una reacción alérgica a la nistatina, medicamento que la doctora del Consultorio administrara días antes entre mis labios, alrededor de mi clítoris, y en la pared vaginal.

Mamá quería demandar a la doctora, al Consultorio, al director y subdirectores del Internado, a la hermana neonatóloga de papá y a cualquiera que se le pusiera delante. Los resultados le fueron dados mientras yo todavía soñaba bajo el efecto de la anestesia. Soñé, canté, bailé, hablé, grité, lloré, bajo el efecto de la anestesia. Fue un estado de iluminación que pocas veces he vuelto a lograr, ni siquiera depositando gotas de homatropina bajo mi lengua, ni introduciéndome triangulitos de ácido en mi depresión anal, ni fumando sola en mi alquiler una inmensa flor amarilla. Nada ha sido tan supremo como aquellos mililitros de anestesia general.

A los cuatro días salí del hospital. Los fomentos fríos de sábila y el antibiótico en vena dieron como resultado el total restablecimiento de mis órganos genitales. Aún me molestaba orinar, por la impresión de las llagas, que continuaban en los reflejos del cuerpo, en la memoria.

Esa misma noche mamá me llevó al teatro. Ocurría en la ciudad uno de los festivales de teatro más importantes del país y mamá quiso premiarme. La obra se llamaba *Electra Garrigó,* y era una versión contemporánea de la *Electra* griega, tantas veces llevada y traída. Su madre, Clitemnestra Plá, se parecía a mi madre en muchas cosas. La relación de amor/odio entre ellas tenía puntos de contacto con nuestra relación. Me di cuenta de que los personajes, tanto como los actores, sufrían una suerte de histeria colectiva, algo que he seguido detestando, como forma de mediocridad y vulgaridad.

Nada era intenso en la escena. Nada estaba vivo ahí. No había dolor. No había ideología. El grito no era real. El golpe no era real. Era escándalo, especulación, tradición. El método Stanislavski aplicado fría y calculadoramente. Un público, igualmente uniforme, gozaba desde las butacas, bienvenido el carnaval. Me levanté y salí. Caminé por la rampa del pasillo del teatro deteniéndome en la fila de rostros a mi lado. Mamá se levantó y salió. Caminó por la rampa del pasillo del teatro sin mirar al resto del público. Mirando un punto fijo que era mi cabeza en el horizonte. Afuera del teatro un hombre vendía confituras, palomitas de maíz. Los que no alcanzaron entradas se habían quedado conversando. Eres malagradecida, dijo, y me dio una bofetada en el medio de la calle. Adentro del teatro la gente empezó a aplaudir.

Sé feliz
dondequiera
que vayas,
me dijiste un día.
Por eso
no me quejo
cuando voy
a cualquier lado
sin ti.

X. Lepidóptero

Tal vez me queden algunos días o algunas semanas de vida. Tal vez algunas horas. Me has dicho
que demoras todavía un mes. No habrá tiempo a
darte el código, o sí. Seré optimista. Solo recuerdo
que son seis números. Me paso el día tratando de
recordarlos, la memoria no es la misma. Tendrás
que revisar la biblioteca, libro por libro, página por
página, en uno de ellos hay una hoja con los números escritos.

En el estadio avanzado puede obtenerse aún
cierta calidad de vida aceptable, a pesar de la crítica
situación y los síntomas secundarios que en este
momento me agobian.

Los avances actuales de la radiación y la quimioterapia son armas efectivas para tratar de que el dolor no me extermine completamente. Fui expuesto
a una cirugía. De rescate, la llaman. Todo muy blanco y metálico. Varios doctores. Y enfermeras. Y auxi-
liares. Fueron amables y comprensivos. Me alegra.

Tuve que tomar la decisión yo mismo. No creían
que estuviera solo en el mundo. Pero no estoy solo
en el mundo, expliqué. Tú estás conmigo aunque
no estés aquí. Ellos evaluaron las características del
mal, y también los síntomas secundarios que las
localizaciones metastásicas estaban produciendo.

Y todo dentro del contexto del hospedero, es decir, del paciente mismo, de mí. Les daba pena decirme pero yo los animé. Venga ya.

Sus consideraciones permitieron analizar e instalar la terapéutica más apropiada, con el único objetivo de ofrecerme una mejor condición de vida.

Tengo una hija, les expliqué, que acaba de dar a luz un varón de nueve libras. No me has dicho cómo le pusiste, ni a quién se parece más. Cuéntame de él.

Las situaciones más frecuentes en las que se necesita una terapéutica paliativa para un paciente están relacionadas con la extensión del proceso neoplásico y su diseminación hacia las distintas regiones u órganos que han sido invadidos. Por ejemplo el esqueleto, el sistema nervioso central, el hígado, los pulmones y otras cavidades, que dan lugar a efusiones y derrames secundarios. Lo que en mi caso equivale a todo el cuerpo. ¿Me entiendes?

Me explicaron que el esqueleto es uno de los sitios más frecuentes de diseminación metastásica a distancia, particularmente producida por neoplasias malignas originadas en la mama, el pulmón, la próstata, el riñón y el tiroides. Nunca pensé que mi próstata se convirtiera en lo que es hoy. Una piedra podrida con olor a fango. Es terrible, hija mía.

Anoche escribí en mi cuaderno la descripción exacta de lo que estaba sintiendo. Comprende que me he vuelto un hombre viejo y sensible, que llora cuando ve tu foto, y se duerme en tu cama con el suero puesto. ¿Te imaginas?

Los síntomas más importantes en el tratamiento que comencé son el dolor y los trastornos neurológicos producto de compresiones de la médula que pudieran presentarse en algún nivel de su extensión. Ya los he experimentado.

Hoy al mediodía, antes de tomarme una de esas sopas instantáneas que odio tanto y que son tan fáciles de preparar, llegó tu carta con la foto del bebé. Fue el pretexto perfecto para postergar la sopa, de cebolla y calabaza, e ir corriendo a la biblioteca para leerla con calma. Ojalá hubiera ido corriendo, más bien llegué a mi destino, la biblioteca, arrastrándome verticalmente, con la espalda o el costado pegados a la pared, las manos agarrando las columnas y los muebles, los pies dando pasos cortos, casi sin levantarlos del suelo.

La foto del bebé ya está en la biblioteca, en un portarretrato nuevo que simula antigüedad.

Me dijeron que tuviera en cuenta la posibilidad de fractura por debilitamiento de la contextura ósea, ocasionada por la erosión. Eso me asustó bastante. Así que tomé precauciones, regalé muchos muebles, dispuse los restantes pegados a las paredes, traté de tener buen gusto. Ahora es una casa como siempre la quisiste. Moderna y minimalista.

Estas fracturas, de las que me previnieron, son llamadas espontáneas, debido a que ocurren por un simple movimiento, y se producen con facilidad por la zona más resentida del hueso. Ocurren, sobre todo, en personas como yo, de una edad avanzada, y por supuesto, hay que solucionarlas recurriendo a métodos quirúrgicos ortopédicos. Estoy sobre aviso, no te preocupes, me muevo muy despacio, como un caracol. De aquellos que te gustaba coleccionar. Caracoles de tierra. Polymitas.

El cáncer de pulmón, dijeron, y el de riñón, y el melanoma maligno producen su metástasis en el sistema nervioso central, casi siempre. Esta manifestación puede ser debida a una metástasis en la bóveda ósea craneana, que luego invade el tejido nervioso, o directamente la masa encefálica. Los síntomas que aparecen con más frecuencia en esta localización son la cefalea, los trastornos mentales y las afecciones motoras, tales como ataxia y afasia. Cuando lo supe reí. Parecen los nombres de dos niñas gemelas que acuden al parque tomadas de las manos. Una quiere montarse en el columpio y la otra prefiere el tiovivo. Al final deciden subir al cachumbambé, para luego deslizarse en la canal. Su madre las pierde de vista y las llama para cerciorarse de que siguen juntas: ¡Ataxia y Afasia, dónde están!

Antes de imponer un tratamiento, los doctores realizaron las investigaciones necesarias para confirmar la presencia de una metástasis cerebral, y entonces decidir la medida más oportuna para mejorar el cuadro clínico.

Al principio no entendía pero luego fui entendiendo. Tú también comprenderás.

Fue importante, además, después de ser diagnosticada la metástasis, definir si era única o múltiple. Los métodos modernos de diagnóstico, tales como la gammagrafía cerebral, la tomografía axial computarizada y la resonancia magnética nuclear permitieron establecer el diagnóstico con suficiente exactitud.

Hoy, muy temprano, abrí un libro de poemas de José Kozer, su última producción: *Partículas en expansión*. El autor, a quien conocí una vez en una cafetería en Nueva York, me hizo sentir miserable. No por el poema en sí, *un veredicto actúa sobre otro veredicto, anula la obsesión de las palabras,* sino por haber confundido esas líneas al punto de verlas doble y no distinguir el veredicto. Qué diría José Kozer si me viera, incapaz de seguir sus obsesiones con la vista. La conversación que tuvimos en aquella cafetería es uno de mis recuerdos más entrañables.

También tu nacimiento, hija mía, es uno de mis recuerdos más entrañables. Naciste con siete meses. Querías salir lo antes posible.

En esa cafetería conocí a tantas personas. Una de ellas fue tu madre. Ni siquiera me miró. Iba y venía detrás del mostrador, como los doctores en el pasillo del hospital. Aunque se movía de un modo efectivo y ningún cliente conseguía sentirse mal atendido, sus movimientos eran dóciles, escurridizos. Amé la forma en que colocó la taza, perpendicular a mí, frente a mi pecho. Regresé al día siguiente y pedí algo distinto, para que no lo notara. Quería verla de forma anónima, sin que se supiera vista. Su manera se repetía. Dócil y escurridiza.

Si se hubiera tratado de una metástasis única, el método hubiera podido ser la radiación o la exéresis del nódulo solitario. La quimioterapia, debido al difícil paso de las drogas citostáticas a través de la barrera hematocerebral, tiene poca utilidad. Lo que sí resulta necesario, yo diría obligatorio, es actuar sobre el edema mediante corticosteroides, y utilizar diuréticos para disminuir la cantidad de líquido intersticial, causante a su vez del edema.

Soy casi un profesional en el tema, podríamos abrir nuestro propio consultorio, si no fuera por el tiempo.

Me has dicho que nació sano, el pequeño. Que enseguida abrió los ojos y te miró fijamente. Impresionante. Cuando tú naciste no abriste los ojos hasta el amanecer. Parecías un frijol, rosado y con pelo.

Tu madre, por supuesto, conoció a José Kozer, y lo adoró, como yo. La veía devorar sus oraciones, aprender fragmentos de poemas, observarlo fijamente en la cafetería. Gracias a José Kozer experimenté los celos, ese sentimiento mezquino y atractivo, imposible, como pocos, de disimular. Antes de morir, tu madre me entregó una carta para José Kozer que nunca le envié. Al igual que el código, debe estar entre las páginas de algún libro. Si la encuentras, envíala tú. Cumple tú su deseo. Ella estará en paz. Los dos estaremos en paz. Incluso a José Kozer lo envolverá la paz de la memoria, la alegría de un recuerdo que con seguridad olvidó.

Él llegaba, se sentaba, pedía un té verde, sacaba una hoja y un lápiz. No escribía nada hasta pasada la media hora, cuando ya había visto y oído unas cuantas palabras incoherentes yendo y viniendo a su alrededor.

Un día esperé que llegara, se sentara, pidiera el té, sacara la hoja y el lápiz, todo a su tiempo. Luego llegué yo, me senté frente a José Kozer, pedí un capuchino, lo bebí despacio y le dije: voy a quemar tus libros, para que ella no los lea. El hombre me dijo: no los quemes, véndelos.

La compresión de la médula espinal es una de las emergencias que más presionan en la oncología. Yo veía a los doctores ir y venir por esos pasillos, volviéndose locos a causa de una médula. Se pueden producir daños progresivos e irreversibles si hay lentitud en el diagnóstico, y por lo tanto, en la administración de alguna terapéutica adecuada. Aunque para ser sincero, hija mía, todo es irreversible a esta altura. La distancia entre tú y yo, por ejemplo, es igual a una compresión.

Por eso, el tratamiento primario para las lesiones de este tipo consistirá en la descompresión quirúrgica por resección del tumor, aunque sea parcial, seguida por la irradiación de la zona lesionada. Las complicaciones secundarias que aparecen son ajenas a la influencia directa de la neoplasia. Sucede que al necesitar durante un tiempo prolongado el reposo y encamamiento con movimientos limitados se producen escaras y úlceras, incontrolables. Se necesita, entonces, una higiene adecuada y curaciones con estimulantes para la epitelización. Las úlceras mejoran y hasta cicatrizan.

Sin embargo, hija mía, el dolor continúa. A la ansiedad, al miedo, y a la desesperación, los acompaña un dolor insoportable que motiva un estado depresivo. El deseo de volver a verte me mantiene en pie. Los doctores, a veces, me ven sonreír, se extrañan del brillo en mis ojos. Eres tú en mis ojos. Y es él en mis ojos. Si lo viera y no tuviera la fuerza muscular para tenerlo en mis brazos, sabría que no ha valido el esfuerzo.

Ahora mismo, mientras tecleo la palabra *mismo,* el dolor ocupa mi área abdominal de forma devastadora, vomito sobre mis pies, la enfermera lo limpiará. Iré arrastrándome hasta la cama, me recostaré un rato. Intentaré nuevamente recordar el código, si no, ya lo encontrarás entre dos páginas cualesquiera de algún libro magnífico.

Mi tumor es como yo, un molusco. Lleva su casa a cuestas. Yo soy su casa. Se ha deslizado con perseverancia dentro de mí, a través de mí, conmigo. Su triunfo se aproxima. Ambos lo sabemos.

Alternando contracciones y elongaciones de su organismo, lento y aplastante, tomó ventaja y ganó espacio.

El caracol crece, y también lo hace su concha.

Cada una de sus espirales logarítmicas penetra un poco más, cada vez más.

Debí de albergar al menos dos de ellos, para que se acoplaran y fecundaran. Hembra/macho uno, y hembra/macho otro, fecundaron. Sus huevos, diseminados por todas partes, poblaron el lugar.

El caracol es grande y agrio.

La vida del caracol, entre cinco y siete años, anticipó mi vida.

Como en los libros, el héroe y el antihéroe se entrelazaron. Nada más cercano a esa relación de amor/odio que los enamorados gozan.

Al morir el caracol, también muere su casa.

Los poemas de José Kozer sobre lo que él considera una casa son deliciosos manjares.

Perdona por hablarte tanto de poesía.

La biblioteca es grande y los libros son tu mejor herencia, sacúdelos y cuídalos, y sobre todo ábrelos. Si te parecen muy gruesos, tediosos, impenetrables, detente en una palabra que descubras al azar. Investiga tú misma su significado. Cada libro es mucho más que palabras y papel. A mí, por ejemplo, me encantan las tipografías, las ilustraciones, los títulos de los poemas o los capítulos. Suele haber en las frases breves toda una ciencia de vida, otro tipo de amor, que también duele.

Todo es tuyo.

A ti sola te pertenece.

Sentimientos
y hemorroides:
cuando les da
por salir al exterior
lo más aconsejable
es hacer
reposo.

XI. Sinaí

Ciega:

Llegué al monte Sinaí al amanecer, donde sabía que un sacrificio es común y corriente. Miré sobre el hombro el sendero que había transitado hasta llegar y me pareció hostil, pedregoso. Me arrodillé y me puse a conversar con Dios y a contarle lo que me había pasado hasta aquí y a contarle que seguía siendo temerosa de él, porque Dios era lo más grande que yo conocía. La salvación. Una tabla en el océano.

La conversación empezó a alargarse y a convertirse en pedidos que le hacía a Dios sin el menor respeto o pudor. Dios ayúdame con esto y Dios ayúdame con lo otro. Dios necesito esto y necesito lo otro. Dios protege a estos y Dios protege a aquellos, que son mi familia y son mis amigos, e incluso protege a mis enemigos, que son en el fondo buenas personas. Dios saca a mi hermano de mi vida. Llévatelo bien lejos a ese hombre que ya no es el hombre que yo conocía desde que nací. Llévatelo tan lejos como pueda tu magnificencia. Yo no quiero cargar con ese peso. Yo no quiero cruzármelo en mi propia casa. Yo no quiero que esté registrado por lo civil en mi propia casa. Delante de ti oh Dios que me conoces y sabes que soy tu sierva y que me he esforzado tanto para ser buena, una sierva de Dios. Oh grandísimo, altísimo, concédeme eso y no te pediré más nada.

Entonces me miraste desde el cielo, Dios mío, y me quitaste la vista. Ya no volví a ver. Ni a mi hermano ni a mi esposo ni a mi madre. No he vuelto a ver la comida que me como ni las ropas que me pongo, ni las uñas que me pinta la señora manicura en su salón de belleza. No he vuelto a ver los arreglos florales en el Templo, oh Dios. No he vuelto a alzar la vista. Aleluya.

Sorda:

Llegué al monte Sinaí al amanecer, donde sabía que la majestad de Dios cubre el lugar, se esparce por él y lo constituye, en su fuerza y fe. Volví hacia atrás la cabeza en un gesto vacío de adivinar el sendero que había transitado hasta llegar y me pareció hostil, oscuro.

Lo de oscuro fue solo intuición femenina, me arrodillé en una piedra y cerré los párpados porque es así como una sierva de Dios conversa con su Padre, el Padre de Jesús y mi Padre, oh Dios, cuánto te amo. Le di las gracias por haber llegado sana y salva, agradecí los alimentos que ya se habían acabado, y los alimentos que él seguramente me proveería, en las próximas horas. Di gracias por mi vida y por las cosas de la vida que él me ofrecía y que les ofrece a todos sus hijos diariamente sin distinción y sin preferencias. Le conté todo lo que me había pasado hasta aquí. Las tribulaciones por las que una mujer pecadora como yo pasa a diario, en medio de un camino acechado por buitres, mendigos y personas, en fin, desconocidas.

Cada vez más necesitaba ir al grano así que le hablé a Dios del asunto que me traía.

Es mi hermano Dios mío, ya no aguanto su voz percutiendo mis oídos mañana tarde y noche. Es mi hermano Dios mío nuevamente en la ciudad, nuevamente en mi casa, nuevamente en mi vida. Sácalo de mi vida Dios mío yo no merezco algo así. Tú sabes Padre que me inclino ante ti con temor de ti pero la verdad es que no lo soporto. Ten misericordia de esta sierva tuya y llévatelo bien lejos donde no pueda escucharlo.

Entonces oh Dios volviste tu presencia grandísima hacia mí y me dejaste sorda. Ya no he vuelto a oír la voz de mi hermano ni ninguna voz. La voz de mi madre y de mi marido son movimientos de boca que no reconozco. No he vuelto a escuchar la música ni los ruidos horrorosos de los carnavales. Ningún sonido para mí oh amo de todas las criaturas.

Muda:
Llegué al monte Sinaí. Amanecía. Me pesaban los párpados como un par de cubos de agua. Me pesaba todo y me sigue pesando hoy oh Padre mío cuánto te alabo. Aleluya Papá ya no sé de dónde vengo. Ya he olvidado de dónde salí, cuál es mi nacionalidad, dónde está mi residencia. Las raíces muertas que he visto y dejado atrás, los arbustos, las espinas y los hongos solo significan tiempo. El tiempo es tuyo Dios mío, y sé que soy la mujer más bendecida ahora mismo, porque a punto estoy de postrarme delante de ti Señor.

No te oigo, no te veo, pero aún puedo hablar en mi lengua, y tú sí me ves, y tú sí me oyes, como ves y oyes a tus siervos, que en tu nombre han nacido y a tu nombre sirven.

Mi hermano ha vuelto al hogar Señor. Nuestra madre abrió la puerta y he ahí a mi hermano, con sus brazos toscos cruzados sobre el pecho, y esa sonrisa que odio asomando a su expresión. Haz tu voluntad Dios mío, y líbranos de su presencia, de su olor, de su voz y su mirada. Él es del mundo Padre, él no te sirve. Dice que cree en ti pero hace cosas malas y sucias, y nosotras lo sabemos y nos repele, y le tenemos tanta repulsión.

Entonces oh Dios sentí tu luz y tu respiración, y tu calor divino, y me faltó la lengua para seguir hablando. En su lugar un hueco, y más atrás la garganta, con sus amígdalas asombradas, y más atrás la faringe, sorprendida, y así sucesivamente.

Todavía me pregunto qué dije mal Señor.

Todavía estoy perdida y parece que amanece.

Parece que en cualquier momento intuiré la primera carretera, el primer autobús, una casa.

Lo que más
te gusta de mí
es que me parezco
a ti.
Mañana
por la mañana
voy a cambiarme
el nombre.

XII. Tatuaje

Un hombre ve a otro hombre con tatuajes y se pregunta si este hombre estuvo preso.

La gente se hace preguntas que puede responderse a sí misma, y la respuesta combina con sus creencias.

Yo me pregunto si un hombre al ver mis tatuajes se pregunta si estuve presa.

Y la respuesta combina con mis creencias.

Pero estoy equivocada, esa no es la respuesta.

La verdad es que sí, estuve presa.

Cada vez que estuve presa me hice uno.

En la cárcel de mujeres, una mujer le hace un tatuaje a otra, y esa mujer le pide que se lo haga con cariño.

Así que son tatuajes nacidos del amor.

Duele porque quema.

El tatuaje.

Y el amor.

Las mujeres que hacen tatuajes en la cárcel son casi siempre machorras, de dieciséis mujeres que me han hecho tatuajes, once han sido machorras, una más o menos, y cuatro nada que ver.

Enseguida quieren protegerme y mantenerme y casarse conmigo. Me pregunto cómo vamos a casarnos y la respuesta es un *imposible* que sangra como un tatuaje. Nunca vamos a casarnos.

A mí me da igual casarme que no casarme. Lo que a mí me importa es conservar mis creencias, y hacerme tatuajes cada vez más bonitos.

En la cárcel no hay colores.

Eso es lo que yo robo.

Colores.

Agujas.

Máquinas.

Los robo de los estudios de tatuaje profesionales, que en realidad no son profesionales nada.

Una mierda es lo que son.

Qué va.

La única culpable de mis problemas soy yo.

Por esa parte soy drástica.

Mi mamá me enseñó eso.

Que donde se cae el mulo, ahí mismo le dan los palos.

Y he tenido suerte con los abogados, que siempre me han defendido a capa y espada.

Los abogados son otra cosa.

Ningún abogado nunca se ha querido casar conmigo.

Pero yo tranquila.

Total.

Ninguno sabe hacer tatuajes.

El último abogado me invitó a ver una película un fin de semana y en el medio de la película me pasó el brazo por los hombros y me pellizcó un pezón.

Yo enseguida supe lo que quería.

Se la toqué y el pobre estaba casi reventando.

Duró un minuto.

El nombre no te lo digo porque es una falta de ética.

Me quedé con ganas de ver más películas.

Una vez me metí en un hospital con una bata de médico para ver si conseguía guantes. Porque un tipo me iba a hacer un tatuaje gratis si yo le llevaba un paquete de guantes que tuviera como mínimo cien pares.

El tatuaje iba a ser la locura.

Enorme.

Que saliera así por el brazo, cogiera el hombro y terminara en la clavícula.

Lo que iba a ser no lo sabía pero el tipo tenía cantidad de revistas y dibujaba precioso. Cuando un tipo dibuja así se dice que tiene *tremenda mano*.

Pues eso era lo que tenía el tipo.

Tremenda mano.

El día que acordamos el negocio me dio mano hasta que me vine.

Me sentó en sus piernas, me subió la blusa y empezó.

Hay gente así que le gusta pasar trabajo.

En vez de decirme que me quitara la ropa.

Después me dijo que me casara con él, que a él le gustaban los animales, igual que a mí, y que me iba a llenar de tatuajes bellos.

Yo extraño tanto a mi familia que el último tatuaje que me hice fue en su honor.

NO HAY AMOR COMO EL DE MADRE

Eso fue lo que me tatué.

Porque al final, de la familia, la madre es lo principal.

A todo lo largo del brazo izquierdo.

Con letras en cursiva.

¿Se dice así?

Fíjate qué cosa, que la palabra *madre* fue la que se me infectó.

Casi me coge una linfangitis.

Pero gracias a Dios cicatricé bien.

De todas formas un día yo lo voy a retocar, aunque sea solamente la palabra *madre*.

En materia de tatuajes, hay que estar a la altura del conflicto.

No se puede tomar ron, ni cerveza, después de hacerse un tatuaje.

Tampoco se puede, tú sabes.

Eso mismo.

Para un tatuaje recién hecho lo mejor es agua y jabón.

Si no queda más remedio, gentamicina o cualquier antibiótico.

Yo me echo heparina sódica si consigo la receta, porque en las farmacias no te venden nada si no es con receta.

Yo tengo una amiga en una farmacia que estuvo presa conmigo.

Ella me resuelve a veces pero no siempre.

Y yo no abuso porque si no, el problema se lo busca ella.

Y ella es cobarde.

No es como yo.

A mí me parece que esa mujer no tiene ningún tatuaje hecho.

Mi único enemigo soy yo misma.

Que a veces me vuelvo loca.

Me arrequinto.

El tatuaje es una droga.

Cuando te haces el primero después quieres el segundo y el tercero.

Y no hay para cuándo acabar.

Y tienen que ser impares.

Por ejemplo, no puedes tener ocho, ni diez, tiene que ser un número impar.

A mí me gustan más los que se ven pero tengo muchos que no se ven a no ser que me desnude.

Y ahora no me voy a desnudar.

Me da pena contigo.

Y con todos ellos.

¿Cuántos?

Hasta ahora veintinueve.

El primero me lo hice en secundaria.

Mi secundaria Ana Betancourt tenía una arquitectura rarísima.

Una tarde me fugué y me hice el tatuaje.

Doce años exactamente.

Me enamoré de un tipo que parecía mi abuelo.

El tipo me daba ron y me compró una cadena de oro.

Y un anillo también.

De oro goldfish.

Me acuerdo como si fuera hoy de lo que me soltó mi papá cuando llegué a la casa.

Tú no sabes cuántas células mataste, me soltó mi papá.

Más de un millón.

Mi papá es el tipo más inteligente que he conocido, y también los abogados.

Pero no me arrepiento.

Fue un corazón, mi primer tatuaje.

No es por nada pero mis tatuajes hay que verlos.

En una granja donde me pusieron a trabajar una vez, las mujeres aquellas se quedaban locas.

De verdad.

Viene una mujer para arriba de mí y me dice yo quiero hacerte un tatuaje en el culo, y yo le digo házmelo.

Lo preparamos todo y la mujer empieza.

Al final lo que quería era verme el culo.

Fíjate que la tinta me la limpiaba con la lengua.

Y yo de lo más contenta porque con la lengua arde menos.

Fue un girasol lo que me tatué en el culo.

Un girasol incompleto porque no había tinta amarilla, y la mujer tuvo que tatuarlo solo a líneas.

Después con un espejo me lo vi.

Realmente bello.

El centro del girasol es el culo, todo lleno de punticos, como son los girasoles.

Cuando salí embarazada mi mamá vino enseguida.

Traía una carta de mi papá.

Mi papá, tan inteligente, solo me decía en su carta que lo más importante en la vida era saber quién es uno.

Imagínate esa talla.

A esa hora y con ese recado.

Saber quién es uno, imagínate.

Mi mamá quería saber quién era el padre de la criatura.

Ojalá fuera un abogado.

Pero no era un abogado.

Era un rastafari que hacía tatuajes al estilo americano.

Él mismo decía eso, y yo no sabía lo que quería decir con aquello del estilo americano.

Con él me tatué una calavera, no cualquier calavera sino una original, con una pierna en forma de sombrilla.

Tremenda talla.

Aquel rastafari ni se enteró de que yo salí embarazada.

Con una calavera y con un hijo.

Mi mamá quería saber cómo pensaba ponerle.

Tu nombre, si es hembra.

Después que nació, mi mamá se lo llevó.

Yo no quería que se lo llevara pero ella tenía miedo de que le hiciera un tatuaje al niño. Ni que yo estuviera loca.

Se fueron a vivir al campo, mi mamá, mi papá y mi hijo.

Un campo lejos de la ciudad.

Mi papá me mandó una carta donde me contaba que al niño le gustaban los animales, igual que a mí. Y yo me alegré mucho porque los animales te acompañan cuando estás solo. Te dan cariño. Se ponen tristes si tú no los quieres. Aprenden todo lo que uno les dice.

Jamás te traicionan. Se lo comen todo sin protestar.

Aunque sea arroz solo.

Hoy en día el niño debe de tener tres años.

Mi mamá no me ha dicho cómo se llama.

El miedo a la muerte es ridículo.

Ahora que lo sé todo, y que tengo que tomar tantas pastillas, es cuando más tranquila estoy.

Los médicos me lo dijeron bien claro, que en mi situación, hasta un catarro me mata.

Aquí también parece una cárcel.

Peor, porque no hay mujeres que me pidan matrimonio.

No hay diversión.

Fue cuando me piqué la mujer guerrera.

Un tatuaje que tiene siete colores, negro, azul oscuro, azul claro, violeta, rojo, naranja y amarillo.

Es un arcoíris, un foco.

Que solo puede verlo quien me ame.

Parece que el tipo no cambió la aguja.

O los guantes.

O la máquina tenía sangre del tipo enfermo.

O lo que sea.

Estas cosas pasan y no hay que tener miedo.

A mí no me pasó por la mente que uno pudiera enfermarse de esa forma.

El tatuaje quedó exacto.

Ni siquiera se infectó.

Lo bueno es que no tendré que seguir de un lado a otro.

Sin familia.

Sin casa.
Una gente sin familia no es persona.
¿No vas a preguntarme qué es Cuba para mí?
Mira.
El mapa de Cuba me lo tatué en el noventa y
nueve.
Jovencita.
Con el mismo tipo que te conté de los guantes.
Que es bruto pero me gusta.
Y nada de líneas.
No.
Relleno.
En las costillas, donde más duele.
Macho, la patria es la patria.

Estábamos
en un bar
y nos tuvimos
que ir.
Quien traía
los cocteles,
además de ser
un hombre,
era muy pesado.

XIII. Árbol

Vivo sola y quieta. Duermo mucho, durante horas. Estoy corrigiendo una investigación que escribí el año pasado para graduarme. La corrijo para enviarla a un concurso del que me habló un androide. El premio consiste en tres mil dólares. Necesito el dinero para mudarme. Quiero vivir frente al mar. En un apartamento limpio y vacío. Donde vivo está vacío, pero no limpio. La suciedad me rodea a un nivel conceptual de la palabra. Me rodea y me absorbe. Formo parte de ella, aunque sé que es momentáneo. Si llego a ganar el premio ya no formaré parte de ella. Si no lo gano haré otra cosa. He trazado un plan de irme y trabajar. He sido actriz, pero ya no quiero. Me interesa la antropología. Y dormir. Duermo hasta doce horas, luego me levanto y sonrío. Tengo dientes grandes y cuando sonrío proporciono armonía.

Voy caminando a todas partes. Con los audífonos puestos y música en el cerebro. Al pasar por una calle o doblar por una esquina, no veo miseria ni oigo a los hombres decirme mami si te cojo te doy lengua hasta que te mueras. Mi cerebro funciona al compás de la música. El sistema social a mi alrededor, la política y la economía son canciones que bailo por un sendero de fango, animales sarnosos, comida vieja. Hay tanta agresividad en el mundo.

El androide que me habló del premio promete ayudarme a corregir el texto. En el primer párrafo,

por ejemplo, hay tres *para* seguidos que gramatical-
mente constituyen un error. Si quiero concursar y
ganar, debo limpiar la redacción de forma que se lea
como un estanque de agua. Claro y fluido. El androide es escritor. Ha publicado pequeños libros
en pequeñas editoriales. Nos conocemos desde hace
años. Vivíamos en la misma ciudad y ahora vivimos
muy cerca uno del otro. Ha ganado en botones y se
ve mejor, más joven, más feliz. Yo sigo igual. Más
joven y más feliz.

El objeto de mi investigación es un grupo de
teatro llamado El Ciervo Encantado. Trabajo en este
grupo cuatro años y conozco sus entrañas. Durante esos cuatro años investigo y escribo. Titulo la investigación *El muerto se fue de rumba. La noción de
Ser en El Ciervo Encantado.* Divido el trabajo en dos
capítulos. El primer capítulo comprende los funda-
mentos teórico-prácticos para la creación del Ser en
El Ciervo Encantado, y el segundo capítulo analiza
los Seres. La noción de Ser no es un invento de El
Ciervo Encantado. Es un invento de otra persona.
¿De quién es el invento?, me susurra el androide a
mi lado en el bar.
Mi búsqueda consiste no en la respuesta sino en
un enigma continuo de creatividad. El alto conteni-
do ritual de cada una de las puestas en escena de El
Ciervo Encantado despierta en mí el interés, con
una curiosidad y una atracción explosivas, esencia-
les. Decido hacer pruebas de aptitud para entrar al
grupo como actriz. Y lo logro. Entro al grupo. Comienza el viaje.

Veo altares dedicados a unas deidades intelectuales, espirituales, que no encontraré en otros templos, ni en otros agujeros religiosos. Veo las ofrendas servidas para espíritus que nos contemplan cada día avergonzados. Toco las ofrendas y me transformo. Se mira y no se toca, me susurran los integrantes de El Ciervo Encantado, rodeándome con tres círculos alrededor de mi cuello.

El domingo vamos a un bar con un amigo que llegó de Madrid. El nombre del bar hace homenaje a una de las películas menos logradas de Fernando Pérez. Su cinematografía incluye piezas como *Clandestinos, Madagascar, La vida es silbar,* y *Suite Habana.* Verdaderas obras de arte, monstruosas y universales. El resto es hojarasca, naturaleza muerta. Antes de llegar al bar realizamos un trayecto de un kilómetro el androide, mi amigo y yo. Las calles de este a oeste están nombradas con letras del alfabeto y de norte a sur con números. Es uno de los barrios más bonitos del país. Pero no es mi preferido. A donde yo quiero mudarme queda después de un túnel. Hay costa y mar abierto.

El mar, en mi cerebro, ha dejado de tener su propia definición. No es una masa de agua salada sino un canto que existe, día y noche, a pesar de la violencia y la belleza. Los mares se diferencian principalmente por el contacto con el océano, pudiendo ser abiertos o cerrados. Si está rodeado casi totalmente por tierra se habla de un mar continental, mientras que si está muy abierto se habla de un mar litoral.

Tuve un padre marinero que se convirtió en árbol. Voy a verlo y el árbol ni siquiera mueve las ramas.

Genéticamente, algún día también yo me convertiré en árbol. Lo llevo en la sangre. Cada vez que regresaba de sus misiones secretas, se acostaba con esta mujer, mi madre, y la embarazaba. Así nacimos mis hermanos y yo. Pareciera que embarazar a mi madre resultaba la misión más importante, el punto final. Pero no. Convertirse en árbol fue el punto final. Cada uno de mis hermanos y yo tenemos nuestra propia regadera. Le cuento esta historia de mi padre al androide mientras vamos de camino al bar. Casi llegando al bar el androide me pregunta, ¿en qué se convirtió tu madre?

La noción de Ser está estrechamente relacionada con la teoría del *performer* de Jerzy Grotowski, en la cual explica que es aquel que no finge ser otro, no representa personajes, sino que desarrolla un *organismo-canal* por el cual circulan las fuerzas, pero siendo él mismo frente a los otros, mostrándose, siendo puente entre la memoria y las formas puras. Yo no quiero vivir nunca abajo de un puente, me susurra el androide a mi lado en el bar. Ni yo, le digo, mirándolo fijamente.

Para llevar a cabo esta teoría, Jerzy Grotowski desarrolló una técnica a la que llamó *vía negativa,* que trata de eliminar los bloqueos físicos y psíquicos que impiden la expresión para entrar en ese estado creativo, tocar zonas íntimas y desconocidas del actor y exponerlas al público. Es un trabajo que, en lugar de crear, elimina las habilidades para adentrarse en lo desconocido. En el libro *Hacia un teatro pobre,* Jerzy Grotowski declara que la *vía negativa* es un proceso de eliminación. El actor debe descubrir las resistencias y los obstáculos que le impiden llegar a una tarea creativa. Los ejercicios son un medio de sobrepasar los impedimentos personales. El actor no debe preguntarse ¿cómo debo hacer esto?, sino saber lo que no tiene que hacer, lo que lo obstaculiza. Tiene que adaptarse personalmente a los ejercicios para hallar una solución que elimine los obstáculos, que en cada actor son distintos. ¿Estás enamorada de Jerzy Grotowski?, me susurra el androide a mi lado en el bar. Yo no, ¿y tú?, le susurro a él. Entonces empezamos a besarnos.

Salimos del bar borrachos, el androide, mi amigo y yo. Nuestra marcha recuerda personajes de Severo Sarduy o de Reinaldo Arenas, caminando abrazados y cayéndonos de risa, besándonos el androide y yo detrás de los árboles de la acera. El androide trae un iPod con un amplificador. Lo lleva en la mano como una caja de música. Es una caja de música, me dice, tú eres música y yo soy música. Detrás de cada árbol que nos besamos el androide me pregunta ¿tu papá se parece a este árbol?
En realidad, los árboles de la ciudad me desagradan. Tan podados y recortados que parecen artificiales. No parece que tuvieran ni raíces ni perennidad. He trazado en mi cerebro una lista de árboles famosos: baobab, eucalipto, sauce, abedul, pino, abeto, ceiba, castaño, arce, cedro, ciprés. Me gustaría besarme contigo detrás de un ciprés, me susurra el androide como un niño lujurioso. Considero que este árbol, donde estamos ahora, tiene la misma información genética que mi corazón.

Del bar nos sacan a puntapiés. No necesitamos de ese bar para divertirnos. Un bar que hace homenaje a la peor película de Fernando Pérez. Debería darles vergüenza. Deberían venir a pedirnos perdón. El dueño del bar nos encuentra en el baño, besándonos, con el iPod y el amplificador en el máximo de volumen, y al dueño del bar no le parece encantador, le parece una cochinada, un oprobio. Hace además de golpearnos, mi amigo llega, lo empuja, él nos empuja a nosotros.

En el año dos mil uno comienza una exploración muy personal de cada uno de los integrantes de El Ciervo Encantado sobre el tópico de la enfermedad, y el texto central de aquella pesquisa fue la novela *Pájaros de la playa,* de Severo Sarduy. Desde mil novecientos noventa y ocho, Severo Sarduy se considera un integrante más. El descubrimiento de su obra contribuye a definir la poética de El Ciervo Encantado, verificada en la conexión entre el lenguaje narrativo que Severo Sarduy ofrece y el escénico. En cuanto a la relación de la obra de Severo Sarduy con la de El Ciervo Encantado, señalaría que ninguno de los dos tiene carácter informativo sino metafórico, no les interesa contar una historia sino mostrar una situación que ponga al lector/espectador en un determinado estado físico. Esta es una de las razones por las cuales el trabajo con las sensaciones es la base de El Ciervo Encantado. Yo estoy enfermo, me susurra el androide detrás de uno de los árboles, y voy a convertirme en ciervo encantado, o en antílope dorado, no estoy seguro.

Otra particularidad que acerca las obras de Severo Sarduy y El Ciervo Encantado es la relación entre cuerpo y escritura, que el propio autor trabajaba desde su proceso de creación. Consideró la escritura como un ejercicio corporal y realizaba una danza para encontrar la palabra precisa hasta que la palabra se manifestara. La intención de su obra no radicó en provocar placer intelectual sino sensorial, cuyo impulso invadiera al lector, lo absorbiera. ¿Entonces mi escritura es mi sexualidad?, me pregunta el androide con el botón rojo encendido.

La decisión de dormir en su casa fue de los tres. Su casa, ubicada en un punto medio entre donde estábamos parados y mi casa, resultaba a esa hora un paraíso real. Subimos cuatro escaleras, recorremos un pasillo, entramos. El apartamento es estrecho y corto. Cuando miro en busca de lo que lame mis piernas, encuentro un bulldog francés original, blanco y negro, de cabeza cuadrada. Nos tumbamos los tres en una cama enorme, entre sábanas floreadas que no combinan con nada. El androide y yo continuamos besándonos un tiempo más, juguetones y apenados, nos conocemos de vista, hace tanto. El bulldog francés se impulsa desde el baño y cae entre nosotros como una pelota de fútbol. El androide lo levanta en peso, por el pellejo duro del lomo, lo pone en la sala, le ordena dormir. Pero el bulldog a esa hora ya no quiere dormir. Él quiere dar amor.

El androide me llama por teléfono dos o tres veces al día. Cada vez que lee una página de mi investigación me llama. Lo oigo lejos y no lo conozco. Me hace reír con anécdotas cómicas, pero no lo conozco. Aquí hay tanta quietud. Ha convertido el PDF en documento Word y ha puesto nombres nuevos a mis capítulos. Ha añadido cursivas y ha borrado los agradecimientos. Ha fragmentado los capítulos, ha añadido y restado páginas. Ha dicho que faltan tildes, pero no es mi culpa, el teclado de la mini fue el culpable. Ha cambiado la primera persona del plural por la primera del singular. Dejó de ser una tesis, me susurra el androide por teléfono, tiene que ser un libro. No me llames más, le susurro yo, y cuelgo el teléfono.

Vivo sola y quieta. A veces duele y a veces no. En El Ciervo Encantado, el dolor es un camino hacia el conocimiento. Sobrepasar constantemente los límites es lo que va llevando al cuerpo hacia otro estado de consciencia donde redescubrir el funcionamiento real de nuestro organismo hace de él una técnica.

Se persigue, como en todos los momentos del entrenamiento, ir conectando las cosas que hemos acostumbrado a diseminar. En este caso, para lograr tal estado de unidad, se pasa por el umbral del dolor. Ello me recuerda unas palabras de Marina Abramović, artista del *performance* que también trabaja con esta clave y plantea en el documental *La artista está presente,* con motivo de una exposición en el Museo de Arte Moderno de Nueva York: *Sí, el dolor existe. Pero el dolor es como un secreto. El momento en que atravie-*

sas el umbral del dolor, entras en otro estado mental. Hay
una sensación de belleza y de amor incondicional, esa
sensación de que no hay paredes entre tu cuerpo y el me-
dio que te rodea. Entonces empiezas a sentirte increíble-
mente ligera, en armonía contigo misma.

También mis nalgas son grandes, redondas y tersas, y armonizan con el resto de la casa. Una escalera de peldaños de pino conduce a un segundo cuarto artesanal, donde duermo durante horas en un colchón sobre la madera. Hay polvo por todas partes y también oscuridad. En la oscuridad, el polvo es invisible. Quiero mudarme.

A pesar de decirle que no lo hiciera, el androide ha llamado y ha dicho que viene. Decido recibirlo en mi barbacoa oscura, podríamos bailar, él no se separa de su caja de música. Llega a las nueve y treinta. Trae la caja de música y un disco externo Universo lleno de películas y documentales. A la mini no le queda mucho espacio pero copiaré hasta el último giga de capacidad. Le pido por favor que me recomiende. El androide me recomienda, nervioso. Copio varios autores. Copio a Yorgos Lanthimos, a Léos Carax, a Todd Solondz, a François Ozon y a Michael Haneke. Copio videos de arte, de literatura y de jazz.

El androide se queda absorto en la línea verde del programa predeterminado para copiar y pegar carpetas. Le tomo los dedos con suavidad. Lo miro. Tiene piercings en el rostro y sus alrededores. Uno en la ceja izquierda, otro en la oreja derecha, otro en el cartílago de la nariz. Y otro en la lengua, susurra. A ver, le digo, saca la lengua. Cuando la saca acerco mis labios y le muerdo la punta, el dolor. Y otros dos en los pezones, te los enseño si pones música, susurra el androide a mi lado en mi colchón. Y por supuesto, la pongo.

El ejercicio te lleva a un estado mental donde desaparecen las ansiedades y las inseguridades. Deja al ejecutante en un estado superior de concentración y elimina gran parte de los pensamientos parásitos que rondan constantemente. Este es un paso vital para acceder al otro, donde el objetivo es ir despejando los pensamientos hasta lograr mantener la mente en blanco el mayor tiempo posible y que el cuerpo pueda fluir orgánicamente sin que estorbe la razón.

En El Ciervo Encantado no se trabaja la calistenia, pues tiende a desconectar mente, cuerpo y espíritu. La calistenia es también conocida como *calentamiento.* Es un conjunto de ejercicios que se ocupan únicamente de los movimientos musculares con el propósito de desarrollar la fuerza física.

Tuve una madre obrera que desarrolló la fuerza física y luego se convirtió en efecto electrodoméstico. Cuando alguien la conecta a la corriente, ella misma se desconecta sola. Es muy incómodo porque hay que estar yendo y viniendo a conectarla. Yo, por ejemplo, no puedo *desconectarme.* Los impuestos han subido desde que esta mujer se convirtió en lo que se convirtió. Mis hermanos y yo hemos trazado un plan para pagar la electricidad entre todos, aunque ninguno vive ya en esa casa. Pareciera que hacernos gastar dinero ha sido el punto final de nuestra madre. Considero que los puntos finales son siempre desagradables. Afuera está el árbol, inmóvil.

El androide al
que más quise
no tenía sexo,
ni corazón,
ni TV.
No tenía nada
que ofrecerme.

XIV. Mala

El tema es que estoy sentada en una de las cune-
tas de un aeropuerto más o menos grande. No tan
grande como el de Madrid, o el de Berlín, pero sí,
bastante grande. Llevo treinta y seis horas aquí y no
viene nadie a chequear mi boleto, ni a preguntarme
qué hago aquí, ni a sacarme a patadas de aquí, así que
me digo ¿esto es lo que querías?, y yo naturalmente
no quería esto. Yo quería recuperar todo el tiempo
perdido desde hace seis meses hasta este minuto.

He pedido un café americano con crema, nuestro preferido, para calentarme. La taza entre mis manos sirve de estufa a mi cuerpo. El calor de la cerámi-
ca penetra y me hace bien, demasiado bien. Después
el primer sorbo, y el segundo, y el tercero funcionan
de igual modo en mi interior. Entibian, secan eso
que está tan húmedo.

Traigo puesto un vestido Gap, azul, from Miami, y unas gafas redondas negras que están de moda
en todos los países, from Puerto Rico. Sentada en la
cuneta y con el café americano humeando, constitu-
yo un conjunto estático e instalativo. ¿Por qué la
gente ve angustia cuando me mira a las gafas? ¿Por
qué las piezas del ajedrez se quedaron sin estrategias?
¿Por qué emigraron del tablero hacia mi página en
blanco? Espera, de qué estoy hablando.

Yo vine a buscarte pero no estabas. Busqué por
todos lados. En las casas, en los sótanos y áticos, en

145

los parques y las plazas, en los supermercados, en los hospitales, en los teatros, en las librerías, en los multicines, en la zona rosa, en las plantaciones de marihuana, en el desierto, en la morgue. Solo me faltaba este aeropuerto porque cuando llegué salí corriendo rápidamente a buscarte, sin pensar que estuvieras aquí aún. Y aquí estás aún. Y no me reconoces.

Me invitaron a un festival mundial de poesía y acepté. Y vine en una aerolínea que nunca antes había reservado. Compró mi boleto el festival y entré por la puerta ancha, y pagó el festival mis honorarios, y salí a buscarte. Fueron más de doscientos cincuenta dólares, invertidos en buscarte hasta encontrarte. Si bien tuve que conferenciar en lugares tan hostiles como una comunidad negra y miserable, radicada a la orilla de un río adonde solo se llega por aire o por agua.

Te busqué entre los negros, descalzos y pobres. Navegué por el río, me asomé en las viviendas, pregunté a policías si no te habían visto. No podía explicar lo de las máscaras. Nadie iba a creer que alguien con una máscara anduviera deambulando sin llamar la atención.

Lo de las máscaras es inexplicable. Nadie entendería si yo dijera un estado de ánimo es una máscara, una posición política es una máscara, una reacción lógica es una máscara, una actitud frente a la vida es una máscara. Las máscaras se van acumulando una encima de otra, así la persona no se ve expuesta jamás. Es divertido.

Pero nadie entendería eso, menos en un Festival Mundial de Poesía, que lucha por la Paz Mundial y que sostiene en alto, como bandera, una frase bastante incómoda de decir. La frase está grabada en carteles por toda la ciudad, está grabada en el pulóver que me dieron de cortesía y en el pulóver de cada participante, grabada a la entrada del hotel y en nuestras frentes cuando leemos poemas en una plaza o en un campamento de desplazados. Repite conmigo: *paz justa, primavera del mundo.*

El tema es que yo no he cambiado mucho, si bien estoy más flaca y desnutrida, esmirriada y triste, por estos seis meses de búsqueda, mi rostro sigue siendo igual, incluso el piercing y el tatuaje siguen estando ahí. Quien sí ha cambiado eres tú, pero yo te reconozco. Te reconocería incluso si te sacaras los ojos y te cubrieras de garrapatas. Todas estas noches he soñado con garrapatas, esas cositas gordas que acaban con la sangre de los cachorros. He soñado que caen del cielo y me cubren, y acaban con mi sangre. Preferiría llenarme de garrapatas que escribir un libro de poemas del cual la crítica especializada opine: *preciso y correcto.* Es más, preferiría llenarme de garrapatas que no verte más nunca, riendo frente a mí. No me importa que esa cara sonriente tuya sea una máscara, ni que esta otra cara de ahora sea una máscara, ni que aquella cara que pones cuando no estás de acuerdo con algo sea otra máscara. No me importan tus máscaras, infinitas y preciosas. No me preocupan todos esos personajes. Porque en el fondo hay una persona, que eres tú, a la que he venido a buscar.

También preferiría andar sucia, meada y cagada, que escribir un libro de poemas del cual la crítica especializada opine: *feliz y eficaz.* Es más, preferiría estar sin bañarme un año entero que escribir cualquier libro de esos con los cuales la crítica especializada se llena la boca para decir idioteces. Y preferiría que la crítica especializada opinara cualquier cosa de mi libro, incluso idioteces, incluso todo eso relacionado con tradición y generación, que no verte más nunca, rabiando frente a mí.

Durante el festival leyeron hombres y mujeres de todas partes del mundo. Los organizadores nos trataban con tanta amabilidad que yo dudé por instantes si usaban máscara o no. Debieron de usarlas, claro.

Un día me llamaron a la habitación para invitarme *al aeropuerto,* expresión local que significa ir a fumar, a volar. Así que fui *al aeropuerto* de la mano de los organizadores, y fumé y volé, como un avioncito o un pajarito o un trencito entre las nubes de un área de tolerancia.

Te busqué en esa área y creí verte. Eras un avioncito o un pajarito o un trencito entre las nubes, como yo. Me acerqué a la persona que creía que eras tú y esa persona me dio un beso en la nariz y me abrazó. Tú me hubieras besado en la nariz y me hubieras abrazado, pero jamás me habrías susurrado en el oído lo que esa persona me susurró. Un poema de Mario Benedetti. Salí corriendo.

A raíz de eso me quedé paranoica el resto de la semana, mirando por sobre el hombro no fuera a ser que alguien viniera a susurrarme poemas de Mario Benedetti al oído. No importa en qué oído, el problema era Benedetti.

Otro día volvieron a invitarme a volar en aquella área y no quise, les di las gracias y me quedé estática en la habitación, y no me atreví a bajar al restaurante a almorzar, con miedo de encontrarme a los organizadores en la escalera o en el pasillo o en el propio restaurante.

El tema es que yo sabía que eras así, y que eso que estaba viendo por primera vez ante mí no era una persona sino una máscara. Pero también sabía que debajo de la máscara estaba la persona y me gustó mucho la idea. Hay que ser muy valiente para usar una máscara, incluso para usar varias máscaras al día. Se van corriendo riesgos cada vez más peligrosos. Como el hecho de no saber quién es uno en realidad.

Yo sé quién soy en realidad porque no tengo máscaras que me confundan. No soy tan valiente como para usarlas, pero he tenido el valor de enfrentar las aduanas, los aviones, las conexiones entre los aviones, la confusión de maletas, el escáner, los perros y las garrapatas. Lo he enfrentado todo y he venido a buscarte a ti. A la persona que en el fondo eres.

Yo sé quién soy en realidad y estoy capacitada para aceptarlo, incluso por escrito.

Soy la que lo hace todo en la casa, barrer, limpiar, cocinar, tender la cama, bañar al perro, comprar la comida, y luego se queja de hacerlo todo, aunque siempre lo haga con amor.

Soy la que come a hurtadillas, directamente de la olla de presión, con todas las luces de la casa apagadas y la puerta del refrigerador abierta, a las tres y cincuenta y siete de la madrugada.

Soy la que rompe con su actual pareja y comienza una relación con la que fue pareja de su actual pareja hace cinco años.

Soy la que se aburre de las relaciones aproximadamente al año y seis meses.

Soy la que va con el perro a los recitales de poesía aburridos y tediosos para que los poetas tengan algo en que entretenerse y me miren con esas caritas de intelectuales bicentenarios.

Soy la que escribe esta historia al amanecer, exactamente a las seis y siete minutos, sin pudor, porque me van a pagar cinco dólares si la mando a una revista digital de fotografía.

Soy la que duerme abrazada a la almohada, si tú no estás.

Soy la que no sabe lavar a mano, ni la ropa interior, ni la ropa normal, ni la de cama.

Soy la que se hace un tatuaje al azar hasta que descubre lo que verdaderamente significa para ella.

Soy la que no puede escribir con alguien durmiendo en su cama.

Soy la que se cansa de escribir y vuelve a la cama contigo.

Soy la que se viene en un dos por tres si me tocas esta parte un momento.

A veces digo mentiras.

Me regodeo en una mentira durante un rato, pero no tengo máscaras.

A quien sí me gustó conocer en este festival mundial de poesía fue a un tipo calvo y barbudo llamado Pietro Aretino. Al tipo lo programaron en los mismos bloques de lecturas que a mí y andábamos juntos como marido y mujer. Sus poemas y los míos hacían buena liga, el público se divertía bastante, y él y yo nos divertíamos uno al otro. Nuestro encuentro sí fue un éxito. Y la primavera estaba entre sus piernas, y entre mis piernas también.

Pietro Aretino es italiano, hace poemas y hace teatro, y encima no usa máscaras. Un verdadero tipo raro. Debimos habernos casado y ser marido y mujer, en serio. Y tener doce hijos varones y ponerles los nombres de los doce apóstoles, o si no, once hijos varones y ponerles los nombres de los jugadores de fútbol del equipo que más nos guste o del que menos nos guste. Éramos la pareja más alegre del festival. Un poco estresados ambos por el tema de los poemas leídos en otro idioma y el tema de los poemas no muy bien recibidos por el público que quería saber sobre la política actual en nuestros países de origen. Pietro Aretino y yo nos comportábamos como si no fuéramos de ningún país. Los más andrajosos y excéntricos. Y los que más protestamos.

No queríamos leer en aquella comunidad a la que solo se llega por aire o por agua. Con cuarenta grados de temperatura y una humedad relativa de no sé cuántos grados. Ya en la comunidad, el pobre Pietro Aretino andaba por las calles de fango convertido en una bola de fango. Yo también, otra pequeña bola de fango. Mojados, de mal humor, con nuestros poemas bajo la manga sin poder leérselos a nadie a quien le importara la literatura. ¡Paz justa!

Los poemas que leyó junto a mí pertenecen a un libro que titulará *Amor & Psycho,* un detalle bastante hermoso. Y los que yo leí junto a él pertenecen a un libro que titularé *Dame spray*. Otro detalle no menos significativo.

Cierto que si en el fondo no eres una persona, la equivocación sería fatal. El miedo al ridículo nos persigue a todos y en este caso yo haría el mayor ridículo de la historia. Yendo y viniendo tras una máscara que es una máscara que es una máscara, hasta el fin.

El tema es que al fin te he encontrado y te he observado durante treinta y seis horas. En ese tiempo has usado una docena de máscaras y te has comportado con los clientes de maneras muy distintas. Solo una vez te has dado vuelta y te has ajustado la máscara. Ningún cliente lo percibió, solo yo, que te conozco y sé quién eres.

Esto está sucediendo ahora.

Otra vez volteas, sin máscara, con una pistola en la mano. Para mi sorpresa diriges tu rostro a mí. Tu rostro, tu pistola y tú, el paquete entero hacia mí. Así que en última instancia me has reconocido. Te gusta lo que ves, eso expresa la máscara. Te gusta el vestido que elegí, azul, de tirantes. Te gusta la Gap y la Desigual y la H&M y la Zara. Te gustan las gafas redondas negras porque se usan, y mis gafas, específicamente, no son del montón, tienen la montura de aluminio, y unas iniciales por dentro de las patas que las identifican, y no están hechas en China, como todos los productos industriales de la época. Un halo de elegancia mezclado con mi común informalidad.

Me apuntas con tu pistola. Caminas hacia mí. Pones el cañón perpendicular a mi pecho. Pasan varios segundos y decides subirlo perpendicular a mi frente. Pasan varios segundos más y decides introducirlo en mis labios. Mis labios ceden.

No voy a negar el hecho de estar nerviosa y dichosa, al mismo tiempo. Nerviosa por el cañón y dichosa por ti, que me has reconocido. Dichosa por primera vez, desde hace seis meses hasta este minuto.

Yo sé
que te amo.
Y que soy
capaz de todo
por ti.
¿Pero realmente
estoy segura
de eso?

XV. Soba

La idea inicial de este libro, según la autora, que no soy yo, yo soy solo su mascota y su instrumento de inspiración, era escribir quince cuentos en primera persona para que el lector se sintiera más cercano al texto. Y todo alrededor de mí. Sobre mí. Hasta ahora va bien, este es el último texto, el número quince, pero ni rastro de mí por ninguna parte.

Quiero decir que no hay rastro de mi presencia real y contundente y desarrollada como para que se justifique el título del libro. Yo solo he aparecido sutilmente en esas frases interesantes que ella coloca entre cuento y cuento. Y para ser sincero no me hacen ninguna gracia. Frases ingeniosas que a ella se le ocurren con frecuencia y que escribe en su estado de Facebook y la gente enseguida pone *me gusta.*

Tal vez tendría que haberse concentrado más. Yo la veía escribiendo todo el tiempo sin dormir, dormía apenas tres horas, y pensaba qué estará escribiendo. Porque es muy amiga de escribir dos o tres libros al mismo tiempo, empieza un proyecto un día, se le ocurre otro proyecto, lo empieza también, y no para hasta que ambos estén terminados, lo cual es agotador y para lo cual se necesita un gran talento y una gran inteligencia, y no sé si ella es capaz de estas cosas.

El otro día, por ejemplo, se levantó de la silla y se puso a preparar la cafetera. Me miró de reojo y me dijo ¿hay que llegar a este punto, al punto en que te regaño, te grito, y te tiro la chancleta por un ojo?, y todo porque fui corriendo hasta la cama, me subí a la cama de un salto, agarré lo que había más cercano al borde de la cama, que era una licra negra y un sostén negro Forever 21, y los mordí y zarandeé y jugué con ellos hasta convertirlos en un puñado de tiras negras. No me doy cuenta de si eso le gusta o no.

Lo de la chancleta por un ojo es solo metáfora. La forma que ha encontrado para domesticarme y hacerse respetar es dando con la chancleta en el suelo, cosa que me asusta cantidad, y que a decir verdad me hace entrar en conciencia. Pero sí me regaña y me grita, aunque en el medio del regaño y del grito se da cuenta de que soy bello y me toma por la cabeza y me aprieta afectuosamente.

Le dice a todo el mundo que soy una especie de *sapollina*. La palabra es un compuesto de sapo con gallina. Dice que soy gordo como un sapo y que tengo los ojos como las gallinas, demasiado a los lados, pareciera que no puedo ver al frente, solo a los laterales. También dice que soy un pez. Se luce con las visitas gritando ¡auxilio, un pez!, y ya sus amigas le mandan besos al *sapollina* y al pez que soy yo.

Ha dejado de comer porque extraña a una persona que es mi *papá*. El término de *papá* lo inventó ella. Yo me alegro porque mientras menos come, más escribe. Si empieza a comer no escribe. Si empieza a leer no escribe. Tiene que estar completamente ociosa y libre y muy histérica para que le salga un texto verdaderamente maravilloso. Las mejores cosas las escribe así. En un estado ideal de desesperación.

Soy lo único que tiene y eso sí me gusta y de eso sí me doy cuenta. Se desnuda y se baña y se acuesta en el borde y yo voy y le paso la lengua por un brazo hasta que me regaña. Es sabrosa la piel así medio húmeda y con sabor a jabón o a crema. Se echa cremas que saben a frutas secas. Me gusta. Me gusta. Me gusta.

Se levanta y se pone a escribir desnuda y de pronto conecta su bocina a la máquina y se levanta de la silla y me carga y bailamos juntos *La bilirrubina,* o cualquier canción de Juan Luis Guerra o de Rita Indiana o de quien sea. Es una selección para fiestas que solo tienen lugar entre ella y yo. La fiesta es aquí y ahora.

Cuando estaba en casa esta persona que es mi *papá* bailaba nada más con esta persona. Los tres encueros porque yo siempre estoy encuero. Yo corría por el salón vuelto loco porque es así como me imagino que se baila. Correr y bailar son para mí la misma cosa. Ella y mi *papá* bailaban casi sin poder bailar de tanto abrazarse. Ella extraña a mi *papá* y yo extraño a mi *papá,* y lo bueno es que solo me tiene a mí para servirle de fuente de inspiración así que solo yo seré el protagonista de sus libros. El mundo entero me conocerá.

Se hace unos cocidos de zanahoria, rábano y habichuela que luego comparte conmigo, y como es obsesiva compulsiva corta veinticinco rodajas de zanahoria, veinticinco de rábano y veinticinco de habichuela. Un cocido único en el mundo que contiene setenta y cinco trozos de vegetales en total. A mí me pone una porción de eso con mi diario arroz y mi diario boniato.

Solo una vez me intoxiqué y fue con picadillo de pavo, cosa en la que no ha vuelto a gastar dinero, ni siquiera para consumirlo ella. Se me salieron los cilindros oculares y me llené de unas ronchas. Ella gritaba ¡auxilio, un pez!, y empezó a llorar, y llamó por teléfono a una amiga y me introdujo una pastilla rápidamente porque yo no me la quería tragar. Al rato se me fue pasando y mis ojos volvieron a parecer lo que son, un par de ojos de sapo, verdosos y enormes y tiernos.

Si llega a tener hijos será mi fin porque volcará toda esa maternidad en la nueva criatura. La hará protagonista de sus libros y de sus poemas, la llevará a las lecturas y al cine y al teatro, como hace conmigo, que me lleva a todas partes y la gente la mira como a una loca con complejo de madre enfermiza.

Sus amigas le tienen lástima porque vive sola en un alquiler que le cuesta un ojo de la cara. Yo le costé el otro ojo de la cara, así que viéndolo de esa forma la autora de este libro es como un Edipo hembra. Cité a Edipo porque sé que hablar de teatro la consuela y la alegra. Todo lo que sea teatro la consuela y la alegra. Porque la persona que es mi *papá* se ocupaba del teatro y de todo lo que respecta a ese medio.

Yo le costé el equivalente a cinco meses de alquiler. Ella acababa de llegar de un festival de poesía en Miami y traía un poco de dinero para subsistir y no vérselas mal durante un buen tiempo. Pero le entraron esas ganas que le entran a ella que son como arrebatos, y decidió que lo único que la haría feliz sería un galgo italiano recién nacido o un bulldog francés recién nacido.

Ese es el origen de mi existencia en esta historia suya y mía. Y esto no lo sabe nadie, ni su familia, ni sus amigos, ni sus enemigos. Supongo que ahora, cuando el libro se publique, todo el mundo se enterará y abrirá la boca en señal de asombro.

Comprendo que este texto, por ser el último, debería ser contundente y aplastante, con un conflicto y un desenlace trastornadores, así sucede en casi todos los libros y en casi todas las películas y obras de teatro, los últimos minutos deben ser aplastantes. Pero aquí no pasa así porque este es un texto descriptivo donde me gustaría ahondar en las percepciones que tengo sobre la vida humana.

Es curioso verla relacionándose con sus amigos. Yo puedo saber cuándo es un verdadero amigo el que ha llegado a la casa, y puedo saber cuándo es solo un simple amigo, o cuándo ha llegado alguien que no le interesa en lo absoluto, o cuándo ha llegado alguien al que no soporta en lo absoluto. También me doy cuenta de quién es familia y quién no. Sus mejores amigas son su familia.

Se demora en leer los libros aburridos e incluso, a escondidas de su propia conciencia, abandona esos libros a la mitad, no termina de leerlos. Los libros que le gustan los lee muy rápido, en breves horas, pero nunca olvida alimentarme, darme agua y secar mis orines.

Al principio secaba mis orines con una colcha de trapear que enjuagaba y exprimía todo el tiempo. Luego la persona que es mi *papá* le enseñó la magia del periódico y desde entonces no ha vuelto a enjuagar y a exprimir. Se ha ahorrado trabajo, detergente, y tiempo.

Después de que la persona que es mi *papá* se fue la siento más apegada a mí. La veo llorar y voy hasta su piel y lamo su piel suavemente y ella me mira y me agradece. Me dice mi amor, mi pez, mi pececito. Eso la hace llorar más y a mí me hace aullar y lamerla más. Me vuelve a decir mi amor, mi pez, mi pececito. La escena va *in crescendo* hasta que ella misma se seca las lágrimas y dice basta. A veces es muy dura conmigo y con ella misma. Es dura cuando escribe, y cuando escribe toma venganza de las cosas malas que le suceden. No como otros escritores y artistas, que toman venganza de otras formas.

Si le regalan algo delicioso de comer, me da la mitad a mí.

Si copia una película nueva y buena, inclina la pantalla para que yo eche un vistazo, aunque sabe que los cachorros no podemos entender una película ni aunque seamos tan inteligentes como lo soy yo.

Si la invitan a una fiesta, me lleva.

Si cree que me sofocaré en el camino, por el sol o por la distancia, no me lleva, y tampoco va.

Hacemos la fiesta en casa.

Celebra mis cumplemeses.

Nací el siete de febrero así que todos los días siete cumplo otro mes de vida. Y ese día como lo mismo de siempre, bien cocinado, a fuego lento y con mucha agua, sin sal y sin aceite, y recibo el mismo amor de siempre, pero algo me dice que es un día especial. Algo en su voz y en su mirada.

Escribir un libro que tenga como *leitmotiv* el vínculo, afectivo o grotesco, con una mascota, en este caso un perro, no es algo que se le haya ocurrido por primera vez a ella. La historia de la literatura está llena de ejemplos similares. Hasta Anton Chejov, hombre de teatro, escribió sobre un perro, y me refiero a un cuento muy serio publicado para niños titulado «Frente blanca». En mi caso también tengo la frente blanca, como el cachorro en el libro de Chejov.

La historia de Chejov cuenta cómo una loba es capaz de criar a un cachorro de otra especie. Lo mismo que pasa en este libro, donde su autora me cría a mí, que no soy de su especie, ni remotamente.

En realidad no cuenta eso, cuenta otra cosa muy distinta, eso lo inventé al ver las ilustraciones que ella me enseñó.

Me sé subir a los muebles y duermo mejor en ellos que en el suelo raso, aunque haya calor. Pero si ella se levanta de la cama donde siempre está leyendo, o se mueve en la cama, o se destapa, o va al baño a orinar, o va a la cocina a empinarse de un pomo de agua, o lo que sea que haga, no puedo evitar abrir los ojos, aguzar las orejas, mirarla e ir tras ella. La amo. Es mi madre.

Contando hoy, hace tres días que no se ha parado de la cama, la vi echarse en la cama antes de ayer después de alimentarme y darme agua. Había sacado un montón de pastillas de su mochila y se las había tragado con nerviosismo. Incluso dejó que me subiera a la cama y descuartizara uno de los pantalones que más le gusta ponerse. Lo rompí no por maldad sino porque me gusta mucho su olor.

Antes de dormirse vi que leía un libro de un tal Coetzee, ese escritor le encanta y se bebe sus libros como vasos de agua. La vi leer desde un mueble, sobre un cojín, y yo también me fui quedando dormido. Al despertarme ella tenía el libro en una mano, en la página ciento tres, no lo terminó.

Por la noche no se levantó y ayer tampoco. Tengo hambre y sed. Me he subido a la cama varias veces, he jugado con su pelo y no se ha despertado. Tal vez necesita tiempo. Si por cada pastilla que se tomó necesita dormir varias horas entonces dormirá por lo menos un año.

Todo lo que plantea Gilles Deleuze en su famoso *Abecedario,* que empieza ordenadamente en la letra A, se vuelve tierra y polvo frente a mí. Gilles Deleuze no soporta a los animales. Es un gran filósofo pero no soporta el trato amable y familiar hacia los perros y gatos, y por tanto queda para mí y para ella reducido a polvo. La amo. Es mi madre. Y es la mejor escritora del mundo.

En la división
de bienes
el bulldog francés
se quedó
con el teléfono,
y yo me quedé
callada.